» LA GAJA SCIENZA «

VOLUME 1464

UN POSTO SOTTO QUESTO CIELO

Romanzo di
DANIELE SCALISE

LONGANESI

www.longanesi.it

ISBN 978-88-304-4929-9

Published by arrangement with Walkabout Literary Agency

UN POSTO SOTTO QUESTO CIELO

A mia nipote Anna

1

Che è quando la serpe si insinua in seno

San Giovanni in Persiceto – Bologna, autunno 1851

« Troia d'una brutta vacca. »

Rita Balboni sputava veleno ogni volta che la vedeva, ma la Nina non si dava ragione che le ingiurie di quella storpia facessero più male dei pugni dei fratelli quando la scovavano con qualche bifolco nei campi del Castagnolo.

« Venga un cancro a te e a quella *putèna* di tua madre », ribatteva la Nina, ben sapendo che l'altra ce l'aveva con lei per via del nipote Giuseppe, un *tabalòri* che le si era attaccato alla sottana e non la lasciava più.

Ma che colpa ne aveva lei, se dopo qualche bacio o poco più – un trastullo per lei e una smania per lui – il ragazzo non se l'era voluta togliere dalla testa e tutti dicevano che era un fantoccio nelle mani di una strega. Quando parlavano così della Nina, Giuseppe diventava un demonio, e con il faccione gonfio di rabbia soffiava come un vitello trascinato per il torcinaso, ossessionato da quei baci e da quel poco di più che ne aveva cavato.

Nella testa di Anna Morisi – che tutti chiamavano Nina – non c'era posto per quell'idiota, decisa com'era a strappare qualche avanzo di gioia alla vita a costo di far venir giù la Madonna del Poggio. Già a tredici anni faceva trottare i maschi e, come capiva che erano rimasti senza fiato, s'arrendeva vittoriosa tanto che sarebbe stato difficile dire chi fosse la preda e chi il cacciatore. Una breve fanciullezza aveva anticipato la maturità croccante, e le bastava mandare giù un sorso d'acqua, vagabondare per le strade del paese nel torpore dell'estate o solo starsene seduta davanti all'uscio di casa, disegnando con la punta del piedino sudicio archi nella polvere, per diventare una calamita a cui non si poteva sfuggire. Le donne, rose dall'invidia, non perdevano occasione per mortificarla. Il più delle volte la Nina, forte dell'età, del corpo sodo e della gran voglia di svagarsi, se ne infischiava.

Succedeva però che a volte l'orgoglio, per quanto fiacco, riprendesse a sanguinare. Soffocare nella miseria di San Giovanni in Persiceto le pareva un castigo che non meritava e, appena seppe di una famiglia di Bologna che cercava una serva, non ci pensò su due volte. Ci sarebbe stato da faticare, ma almeno si sarebbe liberata delle legnate dei fratelli e dei morsi delle vipere gelose. Della città sapeva che aveva strade larghe, folle agitate, commerci e uomini ingordi. Là dove era nata c'erano solo cani e topi e madri a contendere l'erba alle capre per sfamare sé e i propri figli.

Dopo ore e ore di piogge, una fresca ondata di luce s'era riversata sulle strade, asciugando i muri fradici e i panni che si gonfiavano come vele dai pennoni di navi immobili. Marianna Mortara scrutò esitante la sconosciuta che stava alla porta con una sacca tra le mani e vestita di miseria. Chiese cosa volesse.

Ancora gocciolante la ragazza esitò, prima di farfugliare il proprio nome. « Morisi Anna. »

Marianna mostrò di non capire e l'altra aggiunse: « La Nina ».

Finalmente capì che doveva trattarsi della serva inviata dalla sarta, la Cavanna, che però aveva messo in guardia Marianna che si trattava pur sempre di una paesana alle prime armi, un animaletto selvaggio da addomesticare. A vederla con le ciabatte logore e le caviglie infangate, la veste zuppa e il garbuglio dei capelli, faceva pensare davvero a una gatta selvatica.

Nina sapeva che quel giorno si decideva la sua sorte: non fosse garbata all'ebrea dal busto ampio e con una composta crocchia a coronare la testa, sarebbe tornata da dove era evasa. Chinò allora il capo e provò a soffocare un risolino da ebete. Non poteva sbagliare, costasse quel che costasse.

Si strinse la mantellina al petto e aggiunse: « Sono qui per i mestieri ».

Umiltà. Ci volevano umiltà e rispetto, le aveva detto e ripetuto la Cavanna, che l'aveva vista crescere nel trogolo del paese. Umiltà e rispetto, era quella la sola maniera. Del resto, quando voleva la Nina ci riusciva bene a contraffare l'una e simulare l'altro.

Decisa a ignorare il miagolio sospetto, Marianna la fece entrare. Prima di chiudere la porta di casa gettò un'occhiata sulla strada, sperando che nessuno passasse.

I due quartierini al 196 e 197 di via delle Lame si trovavano nella cinta muraria della città, tra il macello pubblico e la manifattura dei tabacchi. D'inverno c'era da combattere il freddo e d'estate l'afa, ma le dimensioni della casa tornavano comode a una famiglia che, oltre al marito e alla moglie, contava quattro maschi, due femmine e l'impegno di accrescerne il numero. La bottega di passamanerie di Salomon Davide Sabatino, conosciuto come Momolo, si trovava a poca distanza. Si trattava di un commercio che garantiva un benessere modesto ma stabile, tanto che il capofamiglia ne rendeva ogni mattina grazie al Re vivente ed eterno. La sera del venerdì, Marianna adempiva al compito di accendere le candele dello Shabbat e, pur se al tempio nei pressi di piazza Malpighi i coniugi Mortara si vedevano di rado, rispettavano il digiuno a Kippur, e al Seder di Pesach radunavano amici e parenti per condividere il ricordo amaro della schiavitù, la freschezza della primavera e la promessa della redenzione. All'ottavo giorno dalla nascita i maschi venivano circoncisi con una cerimonia che provocava un rivolo di sangue e la soddisfatta apprensione materna. Una religiosità quieta e convinta, quella dei Mortara, che contribuiva a rendere sereni i giorni e tollerabili gli imprevisti della vita quotidiana.

*

La Nina aveva varcato la porta trascinando i piedi e con i lacci del bustino lenti. La mantellina le era scesa di nuovo sui fianchi, ciocche di capelli ondeggiavano lungo il collo e sul petto. Marianna la condusse in uno stanzino in cui si trovavano uno strapunto, una madia e un bacino dallo smalto corroso di ruggine. La ragazza scoprì i denti soddisfatta: mai avrebbe immaginato la grazia di un letto, abituata al cumulo di paglia che condivideva con le cimici.

« È qui che starai », disse la padrona. « Più tardi conoscerai i figlioli, la casa e i tuoi doveri. Ora lavati. » Esitò appena, ma non riuscì a trattenersi. « E copriti quelle spalle. »

Lasciata sola, Nina riempì il catino rovesciando l'acqua dalla brocca, afferrò una lisca di sapone e si strofinò le braccia e le gote, traboccante di buoni propositi. Posata a terra la bacinella entrò con i piedi nell'acqua su cui galleggiavano bollicine giallastre. Sollevò il bordo della veste, lo arrotolò, lo legò in vita. Con la pezza strofinò su fino alle cosce. Stufa di una procedura a lei inconsueta, decise che poteva bastare. Si asciugò veloce. Sciolse la sottana coprendo la pelle umida e arrossata, rassettò le pieghe con svelti colpi di mano, si pose bella dritta e si sbirciò nello specchio ossidato. Con un pettine provò ad arare i capelli. Rinunciò: i nodi erano tanto avvitati da impedire lo scorrere dei denti d'osso.

Sicura di aver fatto quanto doveva per apparire migliore di quanto non fosse, si affacciò dalla porta e con un colpetto di tosse richiamò l'attenzione della padrona, che le fece ripetere il nome.

« Nina. Battezzata Anna. Morisi Anna, di Persiceto. »

Certo, si trattava d'una cristiana.

« Hai di cosa cambiarti? »

Quando la ragazza estrasse dalla sacca qualche straccio molle e rappezzato, la padrona scrollò la testa. Si allontanò, e quando riapparve teneva tra le mani una sottana e una camiciola pulite che aveva destinato alla carità, ma che sarebbero state giuste per quella miserabile.

Nei primi tempi la padrona impartì accurate istruzioni sulle incombenze domestiche, le abitudini dei figli, gli orari dei pasti, i criteri per le provviste. Ammonì anche la Nina di tenersi alla larga tanto dal candelabro a sette bracci posto sulla credenza quanto da una cornice che conteneva la pergamena della ketubah, il contratto matrimoniale ornato da fiori di campo e una scritta in ebraico. La giovane abbozzò un sorriso ottuso e assentì con il capo. Marianna spiegò anche che i ragazzi portavano al collo dei cordoncini da cui pendevano astucci sacri che non bisognava nemmeno sfiorare.

« Sarebbe come per noi la croce », commentò diligente la Nina. Marianna, poco lieta del paragone, finse di non aver sentito.

Da subito la padrona si dimostrò esigente ma mai arcigna, caratteristica consueta tra le padrone ma a lei del tutto estranea. Dava istruzioni, controllava l'esecuzione e di tanto in tanto perdeva la pazienza.

Nella testa di Marianna spuntava a volte un pensiero molesto, e forse qualcosa meno d'un pensiero, un presentimento subito soffocato che però tornava tenace e inopportuno. Dalla giovane esalava una malizia che poco si combinava con l'innocenza incolta e tratti di focosità oscurati da altri, più prepotenti, di candido smarrimento. Era la percezione di quella incoerenza a mettere a disagio la padrona, che si accusava di sospettare senza motivo una creatura selvatica, abituata fin dalla culla a maniere sì belluine, ma sicuramente innocue.

Ciò che Marianna ignorava era che il giorno in cui aveva aperto la porta e fatto entrare la Nina aveva commesso un errore che avrebbe pagato per tutta la vita.

Pur manifestando una più esplicita diffidenza, Momolo non s'era opposto all'ingaggio. I compiti tra lui e la moglie erano del resto separati da confini ben definiti: a lei di occuparsi della casa, a lui di mantenere la famiglia. Per di più Marianna era alla sesta gravidanza, il che rendeva indispensabile la presenza costante di un aiuto.

Ciò non impediva però a Momolo di lagnarsi. « È una sregolata », mormorava a mezza bocca appena s'accorgeva che la Nina si ritirava tardi senza che nessuno sapesse dove fosse stata. « Dio non voglia che abbia una cattiva influenza sui figli, soprattutto sulle ragazze. »

Marianna la difendeva blandamente, sostenendo che le contadine hanno modi loro di svagarsi e spesso appaiono quello che non sono. Tra le mura domestiche la serva si mostrava giudiziosa, eppoi – insisteva Marianna, più per placare la propria coscienza che le rimostranze del marito – lei era sempre vigile e non le lasciava mai la briglia sciolta.

Suonati i ventiquattro anni, la Nina sapeva di avere conquistato la simpatia della padrona, ma non la fiducia di Momolo. Quando le sfuggiva un gesto sfacciato o una parola triviale, Marianna la strapazzava e non ammetteva repliche: in casa ci si comportava a modo o quella era la porta, diceva secca, segnando l'uscio con l'indice teso. In presenza del padrone, la Nina si consegnava a una bonaccia sospetta, come covasse pensieri e intenzioni indicibili e allenasse la furbizia, il calcolo o una qualche scaltrezza indimostrabile.

A Momolo non piaceva, proprio non piaceva, e arrivava a confessare alla moglie che, quando ce l'aveva vicino, a lui venivano i brividi. Marianna lo rimproverava di essere ingiusto e senza pietà perché la Nina era una ragazza irrequieta e forse incauta ma pur sempre di buon animo, lo vedeva chiunque. No, protestava il marito, non lo vedeva chiunque. E comunque non lui.

Più del linguaggio qui e là sguaiato, più delle fughe nottetempo e di una certa indolenza nello sbrigare le faccende di casa, qualcosa del comportamento della Nina, un elemento meno esplicito ma sistematico, cominciò a contrariare la padrona. Marianna si era infatti accorta che la serva aveva l'abitudine di mentire su cose da nulla. Se le capitava di rompere un oggetto, negava contro ogni evidenza la responsabilità, addossando magari la colpa alla sbadataggine dei ragazzi: era noto che facessero danni mentre tutti se la prendevano con lei, lei che era sempre attenta a non sciupare nulla, a economizzare, ad avere cura, lei che si spezzava la schiena. Perché ce l'avevano su con lei, forse perché era un'ignorante? Perché veniva dalla campagna e non aveva mai avuto nessuno a difenderla?

« Ma sì, ma sì, basta, dai! » sbottava allora la padrona esasperata dal piagnisteo. « Falla finita una buona volta. » Era probabile – si diceva – che la ragazza fosse una bugiardella, con la scaltrezza che a volte è l'ultima arma dei miserabili, ma niente più di questo.

Un anno, il quinto da che era a servizio della famiglia che era cresciuta di altre due unità con Ercole di cinque anni e Imelde di pochi mesi, accadde un fatto più grave. Dal portagioie della padrona era scomparsa una spilletta di rubini che Marianna aveva ereditato dalla nonna Padovani, e che si era dannata a cercare in ogni angolo della casa aiutata dalle gemelle, ora dodicenni, e dal contributo svogliato della Nina. La ragazza sollevava l'angolo di un tappeto con la punta del piede, perlustrava distrattamente gli armadi, smuoveva qualche oggetto nella credenza, ma della spilla non v'era traccia. Marianna si rassegnò. Prima o poi il monile sarebbe riapparso perché, si consolava, si sa che la casa nasconde ma non ruba.

Qualche tempo dopo, a volatilizzarsi fu la collanina di coralli che Ernesta aveva ricevuto in dono per il decimo compleanno. La gemella Erminia ne possedeva una identica, che però era al suo posto. Quando Marianna chiese a Nina se ne sapesse qualcosa, la ragazza reagì con uno scatto risentito. Protestò di non saperne nulla di nulla, e poi perché avrebbe dovuto, e perché chiedevano sempre a lei dove andavano a ficcarsi le cose che si perdevano, e mica era tenuta a star dietro a tutto, e la colpa era semmai delle ragazze disordinate, mentre lei non faceva che pulire e riordinare e lavare e stirare e cucinare per tutti. La reazione apparve per quel che era, sproporzionata e fasulla.

Senza aspettare che la serva terminasse la querimonia, Marianna, guidata da un presagio confuso ma incalzante, si diresse nella stanza della Nina, che continuava a starle alle calcagna strepitando: « Perché ce l'avete con me? Che v'ho fatto? Sono innocente, signora Marianna, come potete non credermi? Come potete non fidarvi, io che vi rispetto come foste la Madonna? »

Marianna le ordinò di chiudere la bocca mentre cominciava a perlustrare ogni angolo del locale.

Sollevò il coperchio della madia, frugò tra la biancheria, ribaltò il letto. Sulla soglia, la Nina continuava a piagnucolare ripetendo che era una ragazza onesta e che mai e poi mai avrebbe osato...

« Osato cosa? » Tra le dita di Marianna dondolava la collana di coralli e nel palmo dell'altra stava la spilla della nonna Padovani. La padrona faticava a controllare il disgusto che le aveva riempito la bocca e il cuore. Quel che più le faceva male era la collera che sentiva per sé stessa, per essere stata tanto cieca e tanto ingenua. Come era possibile che si fosse fatta ingannare da quella selvaggia? Come aveva potuto permettere che la Nina rimanesse così a lungo in casa? Aveva dunque ragione Momolo che non l'aveva mai digerita e che masticava amaro nel vederla svolazzare come una tarma. Umiliata più che avvilita, Marianna si morse le labbra decisa a ingoiare il pianto: era quella la ricompensa per averla accolta e trattata come una figlia?

Passato il primo sconcerto, la Nina si gettò in ginocchio fino a sfiorare il pavimento con la fronte. « Perdonatemi! Vi scongiuro, abbiate pietà. Non cacciatemi, signora Marianna, non cacciatemi. Non so cosa m'abbia preso. »

« Sei una ladra, ecco cosa t'ha preso », rispose secca Marianna. « E lo sei sempre stata. Come sei sempre stata una svergognata. Rialzati, che i tuoi piantarelli non mi ingannano.»

La Nina si rimise in piedi, le pupille ardenti, le labbra livide e i dentini brillanti come avorio. «Non mi cacciate. Non potete cacciarmi, vi supplico, padrona.» Le parole avevano perso di forza e cominciavano a uscire più lente, più basse.

«Dimmi perché non dovrei cacciarti. Dimmi perché non...»

La ragazza farfugliò qualcosa.

«Parla chiaro! Che dici?»

Il volto della Nina cambiò di colpo colore e persino forma. Il purpureo della concitazione si era trasformato in una maschera grigia, gli occhi s'erano asciugati, le labbra tese. Inarcò la schiena e spinse in fuori il petto, allisciò il corsetto e fermò le mani sul ventre come ad accarezzare una brocca.

«È che sono gravida», annunciò.

Marianna lasciò cadere la catenina e la spilla e spalancò la bocca. Cercando un punto d'appoggio, girò lo sguardo istupidita finché s'accorse della presenza delle due gemelle, Erminia tremante, le trecce disfatte sulle spalle, Ernesta con gli occhi smarriti.

«Tornate nella vostra camera», ordinò la madre con il poco fiato rimasto. Sentiva il cuore tambureggiare in gola e insieme salirle un conato di vomito.

La Nina aveva ora un'espressione impavida, persino soddisfatta.

Marianna le comandò di andarsi a ricomporre. « E prova almeno un po' di vergogna. » Quando la Nina fu di ritorno – i capelli strigliati alla meglio, la camiciola abbottonata, la fronte umida – Marianna cominciò a interrogarla, faticando ancora a credere alle domande che le stava facendo. Del resto, era necessario sapere, e presto, chi fosse il padre della creatura.

« Non so, non so davvero dirlo », soffiò la serva, e non ci fu verso di cavarle altro.

Ci volle invece poco perché sulla superficie di quella pozza di menzogne, raggiri e spudoratezze affiorasse un'altra verità. La giovane – così riportò a Marianna la gente del quartiere – aveva l'abitudine di accompagnarsi con soldati della guarnigione austriaca stanziati in città, impettiti nelle divise bianche e cilestrine e con in testa un cilindro al cui centro brillava l'aquila imperiale. Più temuti che rispettati, spesso ubriachi, capitava che molestassero i passanti e li sfidassero con tracotanza, certi di restare impuniti perché protetti dall'autorità papale che li aveva chiesti a Francesco Giuseppe I d'Asburgo-Lorena, imperatore d'Austria, re apostolico d'Ungheria e re di Boemia, per salvaguardare le sue terre dall'avanzata piemontese. Tra le donne vi era chi si concedeva per gusto, qualcun'altra per denaro. Anna Morisi per entrambe le ragioni.

Maria Mercuri – padrona della Locanda di Londra e vicina di casa dei Mortara – le raccontò di quando aveva sorpreso la Nina addossata a un muro in compagnia di un soldatino. Entrambi sghignazzavano, incuranti dei passanti, e, quando la Mercuri le era passata vicino, la serva, mezzo ubriaca, aveva cominciato a strillare sfrenata: « Ah, signora Maria, che fotta mi sono fatta! Oh, che fotta! »

Ascoltando quei racconti, la collera di Marianna non faceva che crescere. « E perché non mi avete mai detto nulla? »

L'altra non sapeva cosa rispondere.

« Ma non l'avete una coscienza? Eppure, lo sapete che in casa vi sono dei figlioli e delle figliole... non siete madre anche voi? »

« Cosa dovevo dire, benedetta donna? » si giustificò alla fine la Mercuri. « Immaginavo che quelli come voi fossero abituati a cose del genere. »

Marianna stentò a credere a ciò che aveva appena sentito. « Voi?! Quelli come voi? Cosa intendete? A cosa dovremmo essere abituati? »

« Ecchediamine! Quando vi siete portata in casa una come quella cosa vi aspettavate? »

Era dunque questo che la gente pensava di loro? Marianna sapeva che per vivere in mezzo ai cristiani bisognava ignorare le battute malevole, i toni pungenti e a volte persino le villanie e gli insulti. Che era meglio evitare di riferirsi alle tradizioni, alle feste, agli obblighi e ai divieti che imponeva loro la religione. Ora doveva prendere atto di quanto tutto ciò non bastasse a proteggersi dalla riprovazione e dal disprezzo.

Pur ferita e umiliata, non se la sentiva di abbandonare la Nina al proprio destino e andò a chiedere consiglio a Bice Valsina, la moglie del farmacista, che l'aiutò a sistemare la ragazza presso una cascina fuori Porta Mascarella. Fu lì che la Nina portò a termine il parto e il neonato venne subito affidato all'orfanotrofio di via Begatto. A quel punto Marianna decise di avere fatto più di quello che doveva. Nel congedarla, le ricordò quanto fosse stata irriconoscente e sciagurata. La Nina la guardava senza ascoltarla, impaziente solo di andarsene. Di lei non se ne seppe più nulla. Fino a quando il suo nome non tornò a galla come un corpo annegato.

2

Che è quando la serpe morde

Bologna, novembre 1857

« Persino le pannocchie e i giudei se la passano meglio di me. »

La Nina arrancava lungo la Strada Castiglione ansimando in un soliloquio ebbro di rancore. Ogni tanto riprendeva fiato, si fermava con i pugni ai fianchi scrutando i passanti, guasta di invidia per le donne che se ne andavano sottobraccio ai mariti e stizzita per i maschi indifferenti a ogni richiamo. In molti le dicevano che doveva considerarsi fortunata ad aver trovato riparo presso le Suore del Cuore Immacolato del Gesù. Le religiose avevano però messo subito in chiaro che un letto e un pasto andavano ricompensati con olio di gomito e indiscussa obbedienza alle aspre regole del convento. Per lei, poco più di una vita randagia e poco meno di una prigione.

Un lumicino di speranza di evadere da quell'asilo

di virtù si accese quando una piacentina che lavorava alle cucine accennò ai favori dei frati domenicani. Diceva che nel catalogo delle opere di bene a cui quelli si dedicavano era contemplato anche il soccorso a fanciulle sventurate e meritevoli, intenzionate a ripristinare l'onore perduto. Per di più v'erano casi in cui la magnanimità dei frati arrivava ad assegnare perfino una dote, sia pure di modeste dimensioni.

Sventurata la Nina lo era di certo, anche se i meriti erano più difficili da provare. Fino a quel giorno non aveva fatto altro che accumulare soprusi, amarezze e miseria e ovunque andasse era inseguita dalla sfortuna, dall'invidia e dalla malevolenza, che l'avevano costretta a elemosinare un tetto alle monache. Come non bastasse, la florida bellezza che l'aveva a lungo accompagnata si andava rapidamente esaurendo, lasciando qualche traccia incerta e ordinaria, un'aria affamata e quasi rapace, una scontentezza incattivita e confusa.

Ingolosita dalle chiacchiere della cuoca, la Nina s'informò meglio con un'altra, tale Giovanna Bajesi, sempre pronta a dispensare illusioni senza dimenticarsi di ricavarne vantaggi. Madre prolifica e vedova tutt'altro che inconsolabile, la Bajesi era assidua frequentatrice della basilica di San Domenico, consapevole che la protezione di Santa Madre Chiesa era una garanzia senza pari per donne come lei.

Felice di potersi dimostrare utile – e ansiosa di acquistare credito presso le autorità ecclesiastiche –, la Bajesi colse l'occasione delle funzioni del venerdì sera per aprire l'animo al confessore, padre Giulio Rovetto. Dietro alla grata che incoraggiava le ammissioni, mitigava i castighi e distillava parole di perdono, alluse alla vicenda di una conoscente, giovane non poi così giovane ma di certo tribolata, che sosteneva d'avere salvato un'anima infedele in fin di vita. La creatura si era poi riavuta e ora la coscienza della donna era assillata dallo scrupolo di avere commesso un'imprudenza, se non addirittura una bestialità.

In principio il confessore, circospetto di natura e per mestiere, non mostrò grande interesse anche se ordinò alla Bajesi di tornare il giorno seguente. Appena la devota abbandonò il confessionale, don Rovetto si precipitò a riferire a chi di dovere.

Padre Pier Gaetano Feletti, inquisitore e dittatore d'anime, era riuscito a comprimere nelle membra un numero commovente di malanni senza che ciò indebolisse la capacità di reggere con mano risoluta il governo delle Romagne. Solo in sporadiche occasioni presenziava le manifestazioni pubbliche, consapevole che quanto più il potere si mostrava inaccessibile, tanto più induceva rispetto e sottomissione. Di fronte al resoconto di padre Rovetto, l'inquisitore intravvide subito un'occasione per far schioccare la frusta e ricordare al popolo dei fedeli e degli infedeli chi fosse al comando.

« Vogliamo saperne di più, indagate meglio », dispose, tornando poi a inabissarsi nelle orazioni serali.

Appena la Bajesi si riaffacciò al confessionale, padre Giulio volle il nome della donna. Fingendo di vincere una certa riluttanza, la vedova parlò di tale Anna Morisi, originaria di San Giovanni in Persiceto. Caso voleva che proprio quel giorno l'avesse accompagnata a San Domenico, e che ora la stesse attendendo sulla strada.

Abituato alle astuzie delle pecorelle di un gregge recalcitrante e turbolento, quando non addirittura sedizioso, il confessore sapeva quanto la Bajesi non fosse certo un modello di sincerità e rettitudine. Protetta dal vincolo sacramentale, la donna aveva più volte ammesso non solo le tentazioni ma anche i cedimenti della carne. Una volta completata la penitenza – qualche rosario, rapide astinenze e lievi calvari – si riconsegnava alle proprie abitudini, pronta a reiterare e perfino perfezionare i peccati appena condonati. Nel descrivere e vantare le virtù della Nina, la Bajesi non dimenticò di elencarne con perfidia pignola le ancor più numerose debolezze: mancanza di scrupoli, propensione a cedere alle lusinghe maschili, facilità al furto e una qualche congenita vocazione per l'inganno. In fondo però, ripeté con affettazione, si trattava pur sempre di una cristiana che aveva dovuto sopportare una quantità indescrivibile di sfortune e che ora aspirava a un definitivo riscatto. Padre Giulio sbuffò, infastidito da quella recita, e le ordinò di portare la giovane al suo cospetto.

Sul sagrato della basilica, la Bajesi trovò la Nina che sghignazzava in mezzo a un gruppo di soldati della guarnigione. Si poteva essere più stupida? Venuta a trarre benefici, la Nina non riusciva a trattenere la sguaiataggine che le aveva già procurato tanti guai. Appena cominciò a strapazzarla, ne ottenne una reazione risentita: « E che vuoi? Non vedi che sono impegnata? »

Perso il lume della ragione, la Bajesi le torse un

braccio e stringendo i denti soffiò: « Sei scema o cosa? Stai a vedere che ora son io a passare i guai a causa tua ».

Divincolandosi dalla morsa, Anna Morisi pareva una sonnambula di colpo desta e ignara di dove si trovi. Si guardò intorno, vide i soldatini allentare l'assedio, delusi e risentiti. Si lisciò i capelli. Riassettò il corpetto. Si carezzò le gote. Bruciavano.

Con il velo stretto al mento e cancellata ogni scompostezza, la Nina accennò un inchino traballante. Rovetto la fissò come si osserva un insetto caduto nel piatto, con un misto di curiosità e disgusto, indeciso se lasciarla annegare o aiutarla a riprendere il volo. Cominciò con il tirare un respiro profondo, arricciò le labbra e le chiese come si chiamasse e se avesse qualcosa da riferire. Alle prime parole del frate, la Nina indietreggiò vacillando e si asciugò le mani molli di sudore nella sottana.

L'ecclesiastico restò fermo, certo che presto o tardi la mosca avrebbe smesso di agitarsi.

« È che sono un'ignorante... e non so che cosa debba dire. »

« Comincia con il dire chi sei e da dove vieni. »

La ragazza borbottò il proprio nome e il paese da cui veniva.

« Sappiamo che hai da rivelare fatti gravi. » Si fermò per constatare l'effetto delle sue parole. Nessuno. La Nina restava imbambolata, come se nemmeno si fosse rivolto a lei.

La verità è che dentro di sé – un sé scombinato e incerto – si chiedeva se ci fosse modo di scappare, scomparire e annientare tutto ciò che era successo, tutto ciò che aveva fin lì detto, tutto ciò che volevano che dicesse. Non c'era. Questo anche lei, nei suoi corti pensieri, riusciva a capirlo.

« Avanti, parla », insistette il frate, più risoluto. Era chiaro che non si trattava più di una richiesta ma di un ordine.

Fu così che la ragazza iniziò a raccontare in maniera disordinata ciò che sosteneva essere accaduto anni prima a via delle Lame presso una casa di giudei. Ignorando sintassi e ogni logica, si interrompeva, divagava, mugugnava. Padre Rovetto si guardò bene dall'interromperla e solo quando tacque la fece ricominciare daccapo. La Nina era stanca e avrebbe voluto sedersi, riprender fiato anche per poco, ma nello studiolo non si vedevano né panche né sedie, a eccezione di quella su cui era accomodato il domenicano. Con un filo di voce chiese dell'acqua.

« Dopo, dopo », rispose spiccio frate Rovetto. « Dopo avrai tutto il tempo per bere. Ora di' tutto ciò che sai e dillo bene. Dillo meglio. »

Avendo inteso di non avere scampo, la Nina cercò di recuperare una forza che non era sicura di possedere. Provò a raccontare con maggiore coerenza di come fosse arrivata a casa dei Mortara, del lavoro umile e delle fatiche, dei tanti figlioli e di quell'ultimo, Edgardo, che un giorno piangevano come spacciato. « Anche a me faceva male il cuore, dovete credermi, perché ero affezionata alla creatura. Sapere che il Signor nostro aveva deciso di riprenderselo mi tormentava l'anima tanto che ne parlai con il fornaio e quello mi disse che era mio dovere battezzarlo e farlo cristiano perché sennò non si sarebbe mai salvato. Io dissi che non sapevo come fare e il Lepori mi spiegò che bastava buttare un poco d'acqua sulla fronte e invocare il nome del Signore. » Aveva sproloquiato tutto d'un fiato finché la bocca s'era fatta secca e amara. Il domenicano, allentata l'alterigia con cui l'aveva accolta, ora la studiava con un imprevisto interesse, gli occhi strizzati come fanno i pittori davanti al modello da ritrarre, le labbra raccolte a bocciolo di chi si prepari a gustare una squisitezza inattesa. Temendo di non essere stata convincente, la Nina si precipitò ad aggiungere:

« Chiedete, chiedete pure a lui, al Lepori, se non volete credere a me ».

« Tu di' bene quel che avvenne e poi penseremo noi a provare se menti o dici il vero. Non trascurare alcun dettaglio e non dimenticare nulla. Vai avanti e racconta cosa facesti dopo i consigli del fornaio. »

« Attesi d'essere sola in casa e portai un secchio dal pozzo e versai un palmo d'acqua sulla fronte di Edgardo nelnomedelpadredelfiglioedellospirito. »

« Santo », precisò don Giulio, « dello Spirito Santo! » Questa bestia non sapeva nemmeno cosa fosse, si disse sconfortato.

Quante storie che fanno queste tonache, pensò la Nina. Ecco perché aveva sempre preferito starne alla larga. Questo, poi, aveva pupille opache come un pesce, le labbra secche, i denti gialli e aguzzi. E poi quei peli che spuntavano dalle orecchie e dal naso parevano larve che brucavano un teschio.

« Com'è che solo ora vieni a raccontarlo? Sono passati anni e fosti anche cacciata dai giudei che t'avevano sorpreso a rubacchiare », le ricordò il frate. « Non vorrai farci credere che ti rimorde la coscienza, visto che ne hai sempre avuta poca. »

La Nina digrignò i denti, respirò a fondo e il seno, ancora tondo e sodo prima della definitiva resa all'età matura, si impennò come la polena di una nave.

« E che vuol dire! » ribatté la ragazza. « Non sono forse anch'io figlia di Dio? »

Padre Rovetto capì che era giunto il momento di scavare nella melma dei ricordi e dei calcoli, se voleva pescare una qualche verità che tornasse utile. « Sappi, figliola, che se hai in mente un imbroglio al cospetto di Dio e a quello della Santa Chiesa, puoi scommettere che per te saranno dolori come mai ne hai conosciuti », la avvisò per poi mitigare la minaccia: « Se invece quel che affermi si mostrerà vero, ti verrà ricompensato il merito di aver salvato un'anima ».

Incoraggiata, la Nina cercò di nuovo riparo nel compatimento: « È che ora non so come fare, abbandonata come sono da tutti e destinata a morire sola ».

« Morire soli, cara la mia ragazza, è destino d'ognuno », la schernì don Giulio. « Nel frattempo hai sempre saputo come trovare buona compagnia. »

La Nina trattenne a stento un nuovo impeto di ira che il frate non volle cogliere.

« Pensa ad agire per il bene e vedrai che il bene ti tornerà accresciuto », concluse.

La ragazza farfugliò che ci avrebbe pensato, che si sarebbe consigliata.

« C'è poco da pensare e ancor meno da confidarsi

con alcuno. Bada bene che se farai parola su questa vicenda, saranno guai per te e per chi ti ha prestato ascolto. »

La donna impastò ancora le mani l'una nell'altra, strinse i denti, chinò la testa.

« C'è ora chi ti aspetta per interrogarti. Riferisci tutto con esattezza e soprattutto sii onesta e sincera, perché Santa Madre Chiesa non si fa ingannare né da te né da nessun altro », disse don Giulio, scandendo le sillabe.

Congedata, la Nina raggiunse la Bajesi, che la stava aspettando in una cappelletta della basilica e che come la vide prese a tempestarla di domande. Voleva sapere cosa le avessero chiesto e le risposte che aveva dato e se il frate aveva promesso o accennato a benefici o ricompense. La Nina scosse il capo. No, nessuna promessa, nessun premio, e lei era più misera di prima, ancora più disgraziata e più sola. Le lacrime le appannavano la vista e di colpo una grande amarezza fu sul punto di travolgerla. In tutto ciò che faceva, fosse anche del bene, c'era sempre un errore o un abbaglio. Era quella la maledizione da cui non riusciva a liberarsi.

« Cosa c'è che hai? »

La ragazza disse che quella non era roba per lei.

« Di che parli? Cosa è che non è per te, scimunita? »

« I preti. Sono i preti che non sono roba per me », ribadì la Nina strappandosi il velo dal capo. « Quello, poi, quando mi guarda mi fa venire la pelle di un'oca. » Non riusciva a togliersi da dosso le pupille glaciali, il fiato acido, la pelle bucata. E di promesse nemmeno l'ombra. « Anzi... » concluse sospirando.

« Anzi cosa? »

« Dice che guai a parlarne o saranno dolori. » Incalzò l'amica, ora anche lei agitata: « Ma te sei proprio sicura che ne trarrò qualcosa di buono? »

« Sicura? Se sono sicura? Ma senti come parli? Lo sapevo che non dovevo aiutare un'ignorante come te. » Recitava a fare l'indignata, la Bajesi, perché ci teneva alla fama di benefattrice.

« Dicevo per dire », si scusò la Nina.

« Quando ti chiamano, di' bene le cose e non scordare che quelli sono furbi come faine. »

Sbucò un sagrestano, un pover'uomo alto poco più di un bambino, curvo e con il volto raggrinzito dalla vecchiaia. Allungò l'indice storto verso la Nina che, segnatasi la fronte e il petto, gli andò dietro a passettini rapidi e intimiditi. Dopo aver attraversato corridoi e chiostri, passato sagrestie e salito scale senza luce, giunsero alla soglia di un vasto locale, sul cui fondo vagava una luce debole di candele. In una nicchia, vicino a un finestrone dai vetri sporchi, stava uno scrittoio e dietro l'uomo che gli abitanti di Bologna e dintorni temevano più del capo delle guardie, più del comandante della guarnigione imperiale e, forse, più del papa.

Passò un'eternità prima che l'inquisitore emettesse un suono. La Nina non sentiva più il sangue nelle vene e per essere certa di essere ancora viva prese a mordersi le labbra fino a provarne male.

« Sappiamo chi siete, figliola », disse Pier Gaetano Feletti, accarezzando un fascio di carte impilato davanti a lui. « Oh, se lo sappiamo », ripeté con un lieve tono di derisione, certo che fosse quello il modo per far intendere alla donna che non aveva la benché minima possibilità di sottrarsi al suo impero, alla sua volontà, al suo giudizio e persino, ne avesse avuti o voluti, ai suoi capricci.

La Nina, rannicchiata su un panchetto, era scossa da un'alternanza di fiacca e stizza, ma anche dal sospetto di essere stata illusa, imputata più che testimone, prigioniera e non ospite. Era venuta per attingere e ora rischiava di perdere quel poco o niente che aveva. Animata da buoni propositi e dalle migliori speranze, le toccava difendersi. Scrutò l'uomo: la pelle del cranio era cartapecora e le labbra sporgevano carnose e viola; le dita avevano un'eleganza dissonante da tutto il resto che trasmetteva, un che di malaticcio e prepotente. L'inquisitore non smetteva di scuotere il capo in segno di biasimo, ma forse era solo uno dei tremiti insensati con cui si intreccia la vecchiaia.

« Il vostro nome è... » Persino il preludio esalava un'intimidazione. Feletti pescò tra i fogli. « Ah, sì. Morisi Anna. » Fece di nuovo una breve pausa. Ripeté: « Morisi ». Poi: « Anna ». La tonaca con sopra il panno bianco pareva rivestire una salma. « Ci sono giunte notizie della nomea che vi siete fatta in città e delle licenze di cui avete approfittato », aggiunse come leggendo da un verbale di polizia.

La Nina curvò la schiena. Che storia era? Di quali delitti l'accusavano? D'essere giovane e sana? Di aver cercato di imbrogliare il destino micragnoso? Se era quella la musica, era pronta ad alzare il culo e andarsene.

L'inquisitore colse la fiammella indocile ma non ne fu per nulla intimidito, abituato com'era a trattare esseri ben più irrequieti d'una bagascetta di campagna. Senza lasciarle il tempo di reagire, proseguì dicendo che era noto a tutti che si accompagnasse con i soldati, che avesse dato alla luce e subito abbandonato un bastardo e, come se non bastasse, che s'era macchiata di molti altri misfatti. Completato il capo di imputazione, ingentilì il timbro della voce: «Ascoltate, figliola, e ascoltate bene ciò che abbiamo da dirvi: Iddio è bontà infinita e sa condonare ogni peccato, persino i più gravi e indicibili. E Lui, più di noi, sa di quali e quanti vi siate macchiata. La condizione per ricevere la remissione è che vi pentiate con tutto il cuore e con tutta l'anima. Prima d'ogni altra cosa dovete dunque mortificarvi e mostrarvi degna della Sua» – qui si interruppe con una pausa truce – «e della nostra indulgenza».

La Nina s'accorse solo allora che alle spalle dell'ometto – possibile non li avesse visti prima? – stavano due altre figure, immobili da parere statue.

«Dunque poche storie», proseguì padre Feletti, ingiallito dalla faticosa digestione del poco mandato giù all'alba e noncurante delle stilettate che gli torturavano il ventre. «Corrisponde a verità che abbiate battezzato un giudeo?»

L'odore della carta e della muffa era asfissiante. La voce esatta dell'inquisitore pungeva come una spina. Non c'era scampo né ritorno. Una montagna stava per schiacciarla e di lei sarebbero rimaste solo ossa che nessuno avrebbe pianto né seppellito. Le parve già di sentire gli scherni delle comari, le maledizioni della madre, le bestemmie dei fratelli.

Se avesse avuto qualcosa da dire l'avrebbe detto e invece si rassegnò a farfugliare senza capire ciò che le usciva dalla bocca. Sillabe insensate, suoni storti, bolle di saliva. La vista si annuvolò, il volto si impolverò di sgomento e si lasciò andare.

Padre Feletti allungò il collo sollevandosi di poco dalla seggiola. Le statue che gli stavano alle spalle ripresero animo e fecero un balzo, gettandosi sulla donna a terra. In poco tempo la stanza si riempì di una piccola folla concitata. Qualcuno le mise una boccetta sotto le narici, un altro le bagnò le tempie e un altro ancora sciolse con cautela i lacci del corpetto per farla meglio respirare. Fu chiamata la Bajesi che come vide l'amica riversa, convinta che fosse morta, si mise a berciare come un'ossessa e solo una robusta scarica di ceffoni la convinse a smettere.

« Che avete da gridare? Siete qui per aiutare, non per fare la matta », la strapazzò il frate dalle mani larghe.

Sotto tutto quel vociare, la Nina schiuse le palpebre e come un uccellino stremato cominciò a becchettare l'acqua da una fiaschetta. Sollevò di poco il capo, si guardò attorno calma, ora quasi serena. Una pace triste si era impossessata di lei mentre si chiedeva se era così che doveva iniziare una nuova vita. Forse non c'era altro da fare che azzerare ogni difetto, rancore e malizia, rinunciare a ogni bestialità e tentazione. E confidare la propria sorte con tutto il cuore e tutta l'anima, a coloro che soli erano in grado di trarla in salvo.

L'inquisitore tentava di dare una risposta assennata a un quesito su cui si arrovellava da ore: è possibile che la materia corrotta generi una qualche virtù? Ciò che è ributtante, malato e maligno può mai provocare, far crescere e nutrire ciò che è buono, sano e illuminato? Può rivelare tragitti inesplorati, spalancare porte, scalare montagne, navigare e fecondare terre fertili? Consapevole di rischiare la blasfemia, si interrogava sulla possibilità che un progetto divino potesse trionfare pure se costretto ad aprirsi un varco in mezzo al letame. Alla ricerca di conforto si ricordò dell'ammonimento che Giovanni aveva scolpito nel suo Vangelo – « la luce splende nelle tenebre e le tenebre non l'hanno accolta » – interpretandolo come un invito a non temere il caos, a permettere ai raggi di infrangere l'oscurità in cui abitava il popolo ostinato, a cogliere ogni segnale inatteso e tanto segreto da rifugiarsi negli angoli più imprevisti. Una donnetta armata di un calcolo miserabile era approdata alla basilica di San Domenico. Come andava considerato quel fenomeno? Dono celeste o agguato satanico?

Piuttosto che dibattere la questione con un teologo, l'inquisitore preferì condividere i dubbi e gli imbarazzi con Augusto Parietti, il gonfaloniere che, oltre ad applicarsi all'amministrazione cittadina, praticava eccentriche fitoterapie con la convinzione che quel patrimonio di antica saggezza costituisse l'arma più efficace per battere ogni infezione. Il Parietti, la cui blanda pinguedine ispirava fiducia e simpatia, aveva convinto l'inquisitore a praticare digiuni e purghe degradanti allo scopo di vincere i guasti delle viscere e la digestione rognosa.

Con il lessico spericolato che adottava anche nella cura degli affari municipali e nel tentativo di risolvere il rovello di Feletti, il gonfaloniere e ambizioso cerusico fu esplicito fino alla sfrontatezza: « Il quesito non è insolito, molto reverendo padre. La scienza ha del resto sempre riconosciuto che il male e la cura spesso convivono e si intrecciano... » – esitò appena un attimo prima di continuare – « ... in quella materia che non so se mi è permesso nominare ».

Attese un segno da parte del suo rispettabile interlocutore. Il quale, pur non capendo a cosa si riferisse, volle che proseguisse.

« Mi riferisco alle feci », spiegò il Parietti compunto e fiero dell'audacia. Visto l'inquisitore trasecolare, ne approfittò per ribadire la teoria secondo la quale proprio nelle deiezioni del malato era necessario scovare il rimedio. In nome di una profilassi eccentrica, aveva infatti convinto padre Feletti a raccogliere e conservare in vaschette di stagno gli escrementi della giornata in modo tale da poterne poi studiare la chimica, le reazioni e dunque ricavarne preziose indicazioni per la sanazione dell'illustre quanto tribolato poveretto.

« Un uomo di fede robusta come la vostra, eminenza, nulla ha da temere dal sozzume che, anzi, costituisce uno strumento per adempiere alla missione a cui è chiamato. Ma che dico lo strumento? » insistette constatando con soddisfazione di aver reso muto e cereo in volto, già esangue di natura, padre Feletti. « L'alimento vero e proprio. »

L'inquisitore deglutì a fatica l'iperbole ma attese paziente la conclusione del ragionamento.

« È compito vostro e mio, voi da difensore della

fede, io da umile servo della scienza, affondare le mani laddove nessun altro oserebbe mai farlo.»

Sotto il cerchio della lampada di scisto Feletti si mise a redigere il rapporto, disturbato solo dallo stimolo che lo portava a scaricarsi nelle ciotole predisposte dal gonfaloniere. Con pazienza e scegliendo con scrupolo ogni parola, attento a non interferire con convincimenti o illazioni, riferì della cristiana senza trascurarne il passato tutt'altro che limpido. Molto si dilungò sul sacramento che in maniera così rozza la donna sosteneva di avere amministrato, senza trascurare il modesto commercio di Momolo Mortara, tiepido nella pratica religiosa, amico dei massoni, padre di otto figli e con un nono in arrivo. Gran parte di quelle informazioni le aveva ricavate dalla meticolosa indagine di Pietro Armani, un novizio che aveva in dote l'arte di far parlare anche i sassi, all'occorrenza affabile ma risoluto se la bonomia non dava i risultati voluti. Il giovane aveva interrogato i vicini dei Mortara e i clienti di Momolo senza però ricavare indizi che compromettessero la reputazione dell'uomo che, pur frequentando membri della loggia Concordia in disarmo, poco si immischiava nelle questioni della politica. Tutti concordavano nel riconoscerlo come devoto alla famiglia e cittadino rispettoso delle leggi. La moglie era a sua volta considerata un esempio di scrupolo materno che allevava la figliolanza con dolcezza ma senza cedimenti. Non si fosse trattato di ebrei – pensò senza scriverlo – i Mortara avrebbero costituito un focolare da prendere a modello.

Negli ultimi mesi la stanchezza si era impossessata di ogni cellula del corpo e dell'anima dell'inquisitore. L'assedio piemontese ai confini del regno pontificio, l'ormai prevedibile tradimento di quanti si erano fin lì proclamati difensori dell'erede di Pietro e del suo regno, gli rendeva inconcepibile il mondo che aveva fin lì abitato e una potente tentazione di resa rischiava di prendere il sopravvento. Nel redigere quel resoconto destinato alla corte papale, le dita della mano – già illividite dalla vecchiaia – avevano più volte ceduto seminando qua e là orribili gocciolature d'inchiostro, il che lo obbligava a cominciare daccapo su una pagina vergine e riscrivere il nome della fantesca, la data di nascita, la cronaca del meschino e sozzo universo di lascivie e avidità e sospetti e calcoli. Epperò quell'ennesima ricopiatura alla quale, per la segretezza del messaggio solo lui poteva porre mano, comportava una scia di malinconica insensatezza che rischiava di travolgerlo.

Da un paio d'ore s'applicava a quel compito da cocciutissimo Sisifo e scriveva graffiando la carta con il pennino, la mano tremula, lo stilo sfuggente. Le brillanti macchie di liquido nero, disposte come note su un pentagramma sballato, lo stavano facendo ammattire quasi fossero schizzi di uno sputo diabolico che si facesse beffa di lui e della sua fede superba.

L'inquisitore sapeva però anche essere quello il dovere da compiere fino alla fine dei suoi giorni, una fine che forse alludeva a quella altrettanto prossima e ben più catastrofica della Chiesa tutta. Lo spuntare di quella premonizione ebbe l'effetto quasi miracoloso di restituirgli l'energia perduta. Letto e riletto il rapporto, corretto qualche svolazzo e chiarito i passaggi più oscuri, siglò con la consueta formula servile. Raffreddata la ceralacca del sigillo, si impossessò del campanello. Il tintinnio metallico attraversò la stanza fino a colpire l'udito del segretario che sostava fuori dalla porta.

« Deve giungere a Roma al più presto », ordinò secco l'inquisitore senza degnare di uno sguardo il sottoposto. « Sarete voi stesso e nessun altro a consegnarlo alla segreteria di Sua Santità. » Feletti allungò l'involucro, ma non prima di averlo trattenuto un ultimo e decisivo momento, sorpreso lui stesso di quanto quell'indugio alludesse a un rimorso.

L'autorevolissima risposta a stretto giro di posta lo liberò da ogni scrupolo: « Quel figlio è Nostro per Volontà d'Iddio, segno della Vera Fede e sigillo al Potere che Noi esercitiamo in Sua vece su questa terra. Entratene in possesso, custoditelo con cura e consegnatelo a Noi perché è ciò che chiede Nostro Signore Gesù Cristo ».

In chiusura, la firma svolazzante di Giovanni Maria Mastai Ferretti: *P.P. IX*, papa Pio IX.

La cerimonia con cui Anna Morisi giurò di avere battezzato Edgardo Mortara, sesto dei figli di Salomon Davide Sabatino e Marianna Padovani, ebrei residenti a Bologna ai numeri 196 e 197 di via delle Lame, avvenne un sabato del mese di novembre dell'anno di grazia 1857. Prima, però, dovette confessarsi e ottenere l'assoluzione da ogni peccato. Dietro il siparietto di velluto ammise colpe di lussuria, menzogna e invidia, senza tralasciare quelle di vanità, cupidigia, iracondia, furto e altro ancora. Come penitenza le fu imposto di recitare cinquanta Pater Noster, cinquanta Ave Marie, cinquanta Gloria e un rosario. Una suora veterana le rimase accanto durante tutto il processo di contrizione per garantirne la completezza, visto che la poverella poco sapeva di pentimenti e men che mai di preghiere.

Anna Morisi rimase poi in attesa nel chiostro dei Morti, che – le spiegò la monaca – era dove seppellivano i rettori dell'augusta università. Se di rettori e università la Nina tutto ignorava, quel nome macabro non le parve però di buon auspicio tanto che non vedeva l'ora di esserne fuori. Riuscì però a starsene quieta, forte di un coraggio che ignorava di possedere. Le tornò in mente Marianna, e ricordò il piglio che la donna aveva nel dirigere le faccende domestiche, le occhiatacce che lanciava quando la coglieva in fallo per una parola, un gesto o una mancanza. E insieme la familiarità che aveva nel parlare alla fine di una giornata di lavoro e l'indulgenza con cui commentava i suoi errori, i consigli benevoli che le dava quando la vedeva perdersi nella confusione dell'età giovanile. Quando si sorprendeva a pensare a quella donna che l'aveva accolta in casa quand'era ancora una ragazza smarrita e fradicia di pioggia, sentiva crescerle in cuore una gratitudine tanto scomoda da raggiungere l'astio. Meglio, dunque, non pensarci.

*

Circondato da una schiera di domenicani, uno ad agitare il calamaio, un altro a tamponare l'inchiostro, gli altri a fare da testimoni, padre Feletti fece scorrere la mano sul foglio e, dopo aver completato l'introduzione, fissò la Nina e lesse la formula di rito: « *An sciat vel imaginetur causam suae vocationis et praesentis examinis?* »

Anna Morisi non aveva idea di cosa le si chiedesse, tanto che l'inquisitore fu obbligato a tradurre: « Sapete o immaginate la ragione per cui siete stata chiamata alla nostra presenza? »

La donna rimase inerte. Il frate preposto allo scuotimento dell'inchiostro allargò gli occhi per farle capire quel che ci si attendeva da lei. La Nina esagerò nel gesto e i capelli spolverarono l'aria come un piumino impazzito.

Una nuova fitta allo stomaco colpì l'inquisitore, che fermò la cerimonia per ingollare un beverone sabbioso da una scodella mentre scongiurava Iddio di dargli la forza di arrivare fino in fondo. Tornato in sé, si rivolse alla testimone: « Non bastano i gesti, dovete parlare e noi udire bene ciò che dite ».

« No, non so perché sono qui », farfugliò la donna. Nel frattempo, le si era avvicinato un altro dei frati con in mano un librone di cuoio rosso e oro.

« Dovete giurare sul Sacro Vangelo che fuori da

queste mura non direte nulla di quanto testimoniate. Dite: 'Lo giuro'.»

La Nina chinò la testa.

«Dite chiaro: 'Lo giuro'», insistette l'uomo.

Anna Morisi ripeté: «Giuro, giuro. Lo giuro!»

Nella stanza si alzò il mormorio divertito della confraternita proprio mentre padre Feletti continuava a combattere eroicamente i borborigmi intestinali. Più di un'ora passò tra incertezze, contraddizioni e aggiustamenti prima che la Nina completasse il racconto del malanno di Edgardo, l'amministrazione del battesimo, la sorpresa nel constatare che il piccolo avesse ripreso vita, il cruccio di vederlo crescere nella falsa fede. Tutto fu trascritto con scrupolo. Quando l'inchiostro fu asciutto, le fu chiesto di mettere la firma e alla Nina non restò che tracciare una piccola croce irregolare.

«Ora, figliola, verrete ricondotta a casa, laddove avete visto la luce.» Di quale luce parlava? si chiese la Nina. Dov'era nata non c'erano mai state né luce né aria, ma solo mosche, fango, grida e fame. «Lì è ad attendervi il vostro futuro sposo e riceverete a sufficienza per avviarvi su un cammino di fede e onestà.»

Anna voleva sapere il nome dell'uomo che le avevano destinato e a quanto ammontasse la sufficienza promessa.

Intuita la curiosità, l'inquisitore decise di soddisfarla, sia pure solo a metà. « Si tratta di un giovane che vi è ben noto », disse con un ghigno malizioso. « Oh, se lo conoscete. »

La ragazza aggrottò la fronte.

« Fa di nome Giuseppe Buongiovanni ed è un cristiano a modo. So che gli vorrete bene. Lui già ve ne vuole. »

Il nipote della Rita! Questa sì che era bella. La Nina già immaginava l'espressione di quella cagna nel vederla salire i gradini della chiesa sottobraccio a suo nipote.

3

Che è quando le guardie del papa rapiscono un bambino

Bologna, 24 giugno 1858

In lontananza s'udiva un cigolare di carri misto al cicaleccio prostrato di chi tornava a casa dai campi. Fu però il martellare alla porta a spezzare la pace per sempre. L'Adele gettò un'occhiata interrogativa alla padrona intenta al rammendo di un panno. Una visita a quell'ora era un fatto del tutto inconsueto. Nella fretta di riporre l'ago, Marianna si punse un dito. Succhiò quel po' di sangue dal polpastrello mentre si dirigeva verso l'uscio muovendo ogni passo con cautela per via della nuova gravidanza.

Sulla soglia si trovavano due gendarmi, uno segaligno e visibilmente innervosito, l'altro tarchiato e impassibile.

« Maresciallo Lucidi Pietro », si presentò il primo.

« Brigadiere Agostini Giuseppe », s'aggiunse l'altro svogliato.

« È questa la famiglia Mortara? »

Marianna annuì.

« Siamo qui per chiedere se avete ospiti. »

La donna aggrottò la fronte. Che storia era quella? Erano venuti a quell'ora a cercare estranei in una famiglia che non ne aveva mai avuti? Chi li mandava? Il brigadiere dichiarò d'avere ordine di indagare. Indagare su cosa? L'uso di un termine poliziesco ammutolì la padrona tanto che dovette intervenire la fantesca: i figlioli già dormivano e il padre doveva ancora rincasare. « Tornate domani, ora non possiamo darvi ascolto. »

Il gendarme incalzò: « Padrone o non padrone, dovete lasciarci entrare. È la legge ».

Marianna si fece da parte, ma la ragazza, tutt'altro che cedevole, si piazzò sotto l'architrave a braccia incrociate. « Lo vedete da voi in che stato è la padrona e non è opportuno... » Non fece in tempo a terminare che nel tratto di strada schiarito dai lampioni della Locanda di Londra prese a delinearsi la sagoma di Momolo. « Ecco che viene il padrone. Direte a lui », concluse l'Adele soddisfatta di aver resistito e sollevata che non fosse più necessario farlo.

Il Lucidi prese a tastare i bottoni della giubba mentre l'altro si dondolava da un piede all'altro. Ribadito il motivo della visita a Momolo, le due guardie furono fatte entrare. La serva s'affrettò ad accendere le lampade e il padrone invitò a sedersi.

« Non occorre. Mostrateci invece la casa e chi vi abita », tagliò corto il Lucidi.

« Certo, anche se non capisco cosa cerchiate », provò a dire Momolo.

Marianna s'era rifugiata in una poltrona vigilando la conversazione. Ebbe così inizio la perlustrazione. I gendarmi spalancarono gli armadi e la credenza, sollevarono i coperchi delle madie e ispezionarono da cima a fondo ogni locale. A uno strillo infantile Marianna si precipitò alla culla dell'ultimogenita, l'Imelde di appena un anno.

« Indicateci i figlioli e i nomi e l'età », intimò il maresciallo.

I maggiori, già in piedi e rivestiti sommariamente, s'erano assiepati attorno alla madre: Riccardo di quattordici anni, le gemelle Ernesta ed Erminia di dodici, Augusto di dieci e Arnoldo che andava per gli otto. I due più piccoli – Edgardo di nemmeno sette ed Ercole di cinque – erano rimasti a letto.

Appena nominò Edgardo, Momolo notò una smorfia di intesa tra i due gendarmi. « È dunque questo, Edgardo? » si assicurò il Lucidi.

« Sì, l'ho detto. Ma perché vi interessa tanto? »

Il bambino se ne stava quieto sotto le lenzuola, le

palpebre intorpidite dal sonno, il ciuffo dei capelli scombinato, mentre il fratello succhiava avido le dita di una mano chiedendosi se tutto quel frastuono non fosse parte di un gioco a lui sconosciuto.

«Ve lo chiedo di nuovo, signor Mortara: siete proprio certo che questo sia Edgardo?»

Momolo fu lì lì per perdere il contegno. «Volete non riconosca mio figlio?»

Il maresciallo volle conferire a quattr'occhi coi coniugi e così tornarono tutti nella sala. Momolo si chiuse la porta alle spalle, ma il Lucidi sembrava esitare a parlare finché annunciò: «Spiace dovervi dire che siete stati traditi».

«Traditi?» farfugliò Marianna. «Traditi da chi? E per cosa?»

«Edgardo è stato battezzato e fatto cristiano.» Il tono di voce si fece grave. «Abbiamo l'ordine di portarlo con noi.»

«Deve trattarsi di un equivoco, di un malinteso. Ma che dite? Com'è possibile sia avvenuta una cosa del genere? Noi siamo sudditi leali», protestò Momolo. «Eppoi mia moglie è sempre accanto ai figlioli...»

La donna aveva preso a tremare, le pupille dilatate e le mani che serravano i braccioli della poltrona. Il Lucidi spiegava che una cristiana che era stata al loro servizio giurava di aver battezzato il bambino quand'era ancora in fasce.

A Marianna ci volle poco per capire che parlavano della Nina. Sfilò un fazzoletto dalla manica e si asciugò il sudore dalla fronte. « Che volete dire? Come portarlo con voi? »

« È nostro dovere consegnarlo alla Chiesa. »

« Come potete pensare che noi ve lo si dia? » disse la donna stringendo i denti fin quasi a sentirli spezzare.

Tremarono i vetri della porta e i maggiori fecero irruzione. Marianna cercò di restare calma: il parto era vicino, i figlioli sgomenti. Qualcosa però doveva fare, e allora si alzò e con cautela si diresse nella stanza dove stavano i più piccoli. Trovò Edgardo ed Ercole seduti a bordo del letto con i piedini nudi che sfioravano l'impiantito. Nonostante l'impaccio della gravidanza, sollevò Edgardo e se lo mise in grembo. Gli carezzò i capelli, gli prese il capo tra le mani e gli soffiò un bacio su una tempia. « Guai se osate avvicinarvi a lui », disse rivolta ai due gendarmi.

« Non potete fare questo, non è umano », cominciò a protestare Momolo.

« Noi siamo qui per eseguire ciò che ci è stato comandato », ripeté il Lucidi.

« Come è possibile che questo capiti proprio a noi? Ci sarà pure un modo... » farfugliò Momolo. Si udì aprire e sbattere la porta dell'ingresso.

« Riccardo è andato a cercare aiuto », sussurrò Ernesta alla madre.

« E quale aiuto spera di trovare? » commentò il brigadiere.

Corse a perdifiato. L'abitazione di Bonajuto Sanguinetti, padrone del banco di pegni e amico fraterno di Momolo, era a via dei Monari: non lontano, anche se ora pareva sulla luna. Ascoltando il racconto convulso di Riccardo, Sanguinetti trasecolò e il primo pensiero fu per i nipoti. Quante volte s'era raccomandato con figli e nuore di non valersi di servitù cristiana? E ogni volta lo avevano deriso per quelle che chiamavano le ubbie di un vecchio ebreo. I tempi erano cambiati, dicevano. Ecco come erano cambiati.

« Corri a cercare i tuoi zii al Caffè del Genio », disse a Riccardo.

Rimasto solo, sistemò in cima al capo la kippah e aprì il libro dei Salmi di David. Cercò il diciottesimo: « Dio è colui che mi cinge di vigore e ha appianato la mia strada, colui che rende i miei piedi veloci come quelli delle cerve e mi rende saldo sulle mie alture; Egli addestra le mie mani alla battaglia». Sia pure con lo spavento che gli opprimeva il cuore, finì di recitare: «Tu mi offri il Tuo scudo di salvezza, la Tua destra mi sostiene e la Tua pietà mi rende grande». Gettò uno sguardo fuori dalla finestra e gli parve di scorgere le fiamme che cominciavano a illuminare la notte.

Il Caffè del Genio fluttuava in una risacca di fumo e di voci. Gli uomini si consolavano della fatica accumulata durante la giornata con un bicchiere di vino. Circolavano chiacchiere, risa, qualche lite. Si conducevano trattative e si intrecciavano proteste contro un padrone o contro il cielo.

Riccardo si guardò attorno agitato, cercando lo zio Angelo Padovani, fratello di Marianna, e lo zio Angelo Moscati, cognato del padre.

Fu questo a vederlo per primo. «Ma cosa ci fa Riccardo qui?» chiese allibito, indicando il ragazzo all'ingresso della locanda.

Riccardo, col fiato mozzo, riferì delle guardie decise a portare via Edgardo e accennò confusamente al tradimento di una cristiana. Non aveva ancora finito di raccontare che tutti e tre già correvano in direzione di via delle Lame. Trovarono Marianna con in grembo Edgardo e Momolo che girava a tondo, fuori di senno. In un'altra stanza, il vecchio Sanguinetti, che si era precipitato a casa Mortara, tentava di persuadere i militi a dar loro tempo per una supplica alle autorità. L'Agostini ripeteva che non poteva, che l'ordine ricevuto era chiaro: Edgardo doveva essere consegnato ai domenicani quella notte stessa.

« Possibile non abbiate un briciolo di pietà? Ma non ce l'avete una coscienza? » reclamava Momolo.

Finalmente il maresciallo Lucidi cedette. « E sia. Aspetteremo fino a domattina. » Temendo però di aver commesso un'imprudenza volle aggiungere: « Sia inteso, signor Mortara, che noi si resta di guardia, e che nessuno faccia scherzi. A noi non ci si imbroglia ».

Angelo Moscati s'era posto davanti all'ingresso del palazzo vescovile fin dalle primissime ore della mattina. Dopo lunga attesa vide dischiudersi una porticina, ma appena vi si infilò fu bloccato dal custode. Chiedeva udienza al cardinal Giuseppe Milesi Pironi Ferretti, legato apostolico e somma autorità in tutta Bologna, ma il guardiano lo liquidò con il pretesto che sua eminenza non era in città. Che si trattasse di una menzogna – la carrozza del prelato era davanti alle scuderie – contava poco.

Angelo decise allora di fare un tentativo a San Domenico dove, dopo insistenze e proteste, venne eccezionalmente ricevuto dall'inquisitore. Costui lo gelò, sostenendo che lui non poteva fare nulla: la disposizione veniva direttamente da Roma.

« Ditelo a quei cocciuti dei famigliari », aggiunse padre Feletti. « Edgardo è destinato a Sua Santità che ne avrà cura di persona, e ricordate loro che, semmai, dovrebbero essere grati di un tale privilegio. » Nel liquidarlo insinuò una minaccia: se i Mortara non si fossero persuasi, sarebbe stato facile prevedere penose conseguenze per i più di duecento giudei che abitavano all'interno delle mura cittadine.

Amareggiato, Angelo tornò a riferire a Momolo, ormai stremato e incapace di reagire. Del resto, nessuno sapeva che fare. Bonajuto suggerì di prender tempo, di mostrarsi cedevoli. Intanto avrebbero cercato il consiglio dei rabbini romani, che di corte papale e codici ecclesiastici ne sapevano meglio di loro.

Toccò a Momolo affrontare il compito più ingrato, e cioè persuadere Marianna. Appena il marito le spiegò le intenzioni, la donna reagì come se stesse parlando a un nemico. « E tu, tu vuoi davvero che si consegni nostro figlio? »

« Lo vedi che anch'io ho il cuore a pezzi, ma è per il bene di Edgardo che dobbiamo mostrarci docili. Se ci opponiamo lo porteranno via a forza. »

Marianna non ascoltava. Sulle sue ginocchia, la creatura la guardava senza capire perché tutti si agitassero, perché quei pianti, quelle parole soffocate, quella tempesta di baci e carezze.

Il maresciallo Lucidi si avvicinò a Momolo per abbracciarlo. « Signor Momolo, sono anch'io padre e giuro che avrei preferito arrestare mille criminali piuttosto che obbedire a questo comando. So la vostra disperazione, e credetemi... »

Credere cosa? Momolo si ritrasse nauseato. Che ne sapeva il maresciallo Lucidi? Che ne sapevano i demoni che lo comandavano? Nessuno poteva immaginare cosa si provasse a vedere trascinare via un figlio, annientati dall'umiliazione, dall'impotenza e dalla collera. Momolo Mortara non voleva abbracci né chiedeva compassione sapendo che si trattava solo di meschini espedienti per ripulire la coscienza del boia.

Fu l'Adele a incaricarsi di rivestire il bambino che per quasi tutta la notte si era rifugiato sulle ginocchia della madre. Solo per brevi momenti, quando Edgardo crollava in un sonno inquieto, Marianna lo aveva rimesso dentro il letto anche se quello subito si svegliava spalancando gli occhi come davanti a un baratro. Non riusciva a capire cosa stesse succedendo attorno a lui, eppure intuiva che il centro di quel trambusto e il motivo di tanti pianti e implorazioni, l'origine dell'angoscia nei volti delle sorelle e fratelli, l'aria contrita dell'Adele, doveva essere proprio lui. La serva era riuscita a convincere Marianna a consegnarlo alle sue cure in modo che potesse portare a termine quell'ultimo rito disperato. Gli aveva allora infilato le braghe di tela dei giorni di festa e un paio di scarpette che aveva spolverato con cura. Aveva poi tentato di pettinare i capelli neri e folti del piccolo che s'era sottoposto a quella cerimonia senza proteste. La stanza si era svuotata. Le porte spalancate lasciavano passare l'irrequietudine, le preghiere, i sussurri, i singhiozzi. Momolo tentava di districare le idee con i cognati e l'amico Bonajuto. Interrogava continuamente gli uni e l'altro, considerava le possibilità, chiedeva informazioni e soprattutto speranze. A quelli non restava che reagire imbarazzati e ancor più avviliti per l'impotenza in cui si trovavano. Marianna s'agitava andando avanti e indietro per la stanza senza mai distogliere gli occhi dal figlioletto.

Avvenne mentre l'Adele era presa ad abbottonare la giubbetta di Edgardo che il Lucidi con gesto fulmineo e inatteso si gettò sul bambino, lo afferrò alzandolo da terra e si precipitò verso la carrozza che sostava davanti alla porta. Fu il gemito tremendo di Marianna a scuotere dalla sorpresa Momolo, che si mise a inseguire la guardia e il bambino anche se sapeva che non sarebbe mai riuscito a fermarli. Gli altri gendarmi – dentro e fuori della casa se ne contava ormai una decina – lo acciuffarono e al pover'uomo non restò che urlare, dimenarsi e coprirsi la testa di pugni. Edgardo era perso. Ognuno fu travolto dalla valanga e da quel momento nessuno riuscì mai più a liberarsi dal ricordo feroce. Fuori dalla porta s'era adunata una calca di uomini, donne e bambini. Tutti abitavano nel quartiere e ben conoscevano i Mortara. Si trattava di una folla di clienti della bottega e di massaie, commercianti e garzoni, compagni di giochi dei figli e così la carrozza in fuga fu inseguita da grida, insulti e proteste che per qualche minuto ondeggiarono lungo via delle Lame fino a spegnersi del tutto.

Antonio Franchini, fabbro e cristiano, livido in volto, aveva accostato Angelo Padovani e con le vene del collo gonfie e i pugni stretti aveva proposto di andare al Caffè Commercio a racimolare forze in grado di porre fine allo scempio. Angelo scrollò la testa. Era tardi, tardi per tutto.

Inginocchiato sul sedile, dalla finestrella della carrozza Edgardo s'era messo a osservare il nastro di polvere sollevato dalle ruote. Da quel giorno lo spavento fu padrone della sua esistenza.

4

Che è quando Edgardo viene chiuso in prigione

L'afa aveva steso sulla pianura il suo velo umido e opprimente. Le gambe scorticate dai giochi, la camiciola abbondante e i capelli disordinati facevano sembrare Edgardo perfino più gracile e indifeso.

« Che cos'è quel ciondolo? » chiese l'Agostini indicando la piccola custodia che pendeva al collo del bambino. « Di sicuro roba da infedeli! »

Il bambino provò a proteggere la mezuzah nel palmo della mano, ma l'Agostini gli si fece più vicino, tanto che il piccolo poteva sentirne l'alito che esalava tabacco e vino.

« Dai qua, fai vedere. » Afferrò la cordicella e la strappò.

Edgardo squittì come un animaletto in trappola e sentì bruciargli il dorso del collo. La mezuzah dondolava a mezz'aria tra le dita della guardia, e come Edgardo tentò di riprenderla l'Agostini la fece volare dal finestrino con un gesto ampio e soddisfatto. Dalla gola del bambino uscì un nuovo gemito ma questa volta più debole, più sconsolato. Marianna s'era sempre raccomandata con i figli che avessero cura della mezuzah. Aveva loro spiegato che conteneva le parole dello Shmà Israel, preghiera che Edgardo aveva già quasi imparato.

« Si può sapere che combini? » rimproverò il Lucidi al compare. Non gli piaceva che si tormentasse la creatura e non approvava i gesti da bravaccio dell'Agostini. Il loro compito era già ingrato e non vedeva l'ora di portarlo a termine per poi scordarsene, perché gli aveva messo addosso un'agitazione maledetta e una vergogna di cui non si dava ragione.

Il terzo uomo della scorta, infastidito, si scosse dal sonno, lanciò un accidenti, tornò a russare.

Edgardo era sicuro che presto gli avrebbero mozzato la testa con le spade che dondolavano ai loro fianchi e urtavano le assi del fondo con un ritmo sinistro. Spiando fuori dal finestrino capì che erano usciti dalla città e dal mondo che fino a poco prima lo aveva nutrito e consolato. Il raccapriccio che provò in quelle prime ore gli rimase addosso per anni pronto a rispuntare col favore di un rumore, un odore o d'un lampo.

*

Univa la punta del pollice destro con il mignolo sinistro, e poi il contrario. Niente. Strizzava le palpebre fino a che s'accendevano piccole scintille e il ricordo dei giochi, delle carte colorate, dei pupazzi di stoffa che avevano fino ad allora abitato la sua infanzia. Le dita tremavano incerte. Era riapparso un randagio color del rame, il pelo spesso qua e là macchiato da qualche crosta, che aveva preso ad andargli dietro. Era primavera e loro nel mezzo di una gita. Era arrivato il caldo che annunciava la lunga tirannia. Chiudendo gli occhi, Edgardo rivedeva il luccichio delle acque del canale verdi di alghe e poteva perfino risentire il suono tondo dei tuffi delle rane. Le lavandaie impastavano i panni nelle anse, facendosi compagnia con canzoni acute e strazianti. La bestiola pareva non volerli mollare, fiduciosa che da quella ostinazione affamata avrebbe ottenuto qualcosa. Quando però Edgardo aveva provato ad allungare una mano per una carezza, il bastardo era arretrato, aveva snudato i denti e s'era messo a ringhiare.

Il padre aveva ammonito il figlio: quante volte gli aveva detto di star lontano dai randagi? Momolo aveva fatto un versaccio alla bestia per allontanarla. Era stato inutile. Come la compagnia si fermava anche il cane faceva lo stesso, dilatando le pupille ansiose e fameliche. Era andato dietro fino alle Lame con una cocciutaggine che aveva impietosito le donne, tanto che Marianna e l'Adele gli avevano lanciato un tozzo di pane duro che quello aveva azzannato prima che toccasse terra. Per qualche giorno Edgardo aveva spiato da lontano i movimenti del cane che continuava ad aggirarsi per le strade del quartiere. Finché era scomparso sotto le sassate dei ragazzacci.

Marianna, intuito il dispiacere di Edgardo, gli aveva cucito una pezza grigia con un muso enorme, quattro zampe e una lunga coda, poi l'aveva riempito di paglia. « Con questo ci puoi giocare finché vuoi perché non morde. »

Edgardo aveva degnato il cencio di un breve sguardo e aveva scrollato la testa, quasi offeso.

« Non mangi? Eppure, dovrai pur farlo », ripeteva il Lucidi. « Il viaggio è lungo e non puoi stare digiuno. »

« Quando sarà stufo dei capricci, vedrai che mangerà, oh, se mangerà », vaticinò l'Agostini, che pure aveva ricevuto l'ordine di trattare quella merce preziosa con ogni riguardo. Una volta a Roma il bambino andava consegnato alla Casa dei Catecumeni, che poi era dove si chiudevano i convertiti o chi si sperava lo diventasse. Quel che l'Agostini non riusciva proprio a capire era il perché di tanto affanno per le sorti del piccolo giudeo. D'accordo, lui di figli non ne aveva (almeno non che lui sapesse), e di religione poco sapeva, ma quella sollecitudine, quelle raccomandazioni, quelle cautele gli parevano esagerate.

La carrozza rallentò finché si arrestò del tutto. Un cavallo aveva perduto un ferro.

« Dov'è che siamo? » chiese il Lucidi.

« Dalle parti di Bertinoro », informò il vetturino.

Quando furono tutti a terra i tre uomini della scorta ne approfittarono per vuotare la vescica tra i cespugli. Edgardo, accovacciato sul ciglio della strada, aveva preso a impasticciare con la terra e i sassi sussurrando qualcosa di incomprensibile: non lamenti, ma resti di un colloquio con chissà chi. Gli chiesero se avesse bisogno di liberarsi anche lui. Edgardo scosse il capo senza guardarli.

« Che testa dura », commentò l'Agostini. « A Roma sapranno come raddrizzarti. »

Quando il vetturino cominciò la ferratura, Edgardo si allontanò di qualche passo. Accovacciato sul greto di un ruscello secco, lasciò che un fiotto di urina gli scorresse dalle braghe.

« Vedi? » fece il Lucidi, che gli stava alle spalle senza capire cosa stesse facendo il bambino. « S'è messo in ginocchio. Stai a vedere che prega! Quando lo diremo ai preti, sai come saranno contenti! »

Nel giorno dei Santi Giovanni e Paolo la carrozza fece una sosta presso i Padri Filippini di Fossombrone. Un sacerdote si informò su Edgardo e perché lo portassero a Roma. Quando seppe della vicenda del piccolo israelita battezzato e dell'ordine papale, il prete si segnò la fronte, mormorò una preghiera e assunse un'aria rapita. Disse che si trattava di certo di un miracolo, segno tangibile dell'amore di Cristo per la genia di quanti l'avevano crocefisso. Le guardie ascoltarono fingendo interesse, in verità impazienti di riprendere il viaggio. Dissero di dover consegnare al più presto il fanciullo e che non potevano aspettare. Il prete parve contrariato, persino risentito. Essere testimone di un evento tanto inconsueto e non potersi intrattenere in una devota ammirazione gli pareva un peccato. Volle però che qualcosa di quell'incontro restasse e da una tasca della tonaca estrasse una medaglietta di latta. « Devi portare quest'immagine sempre con te », ordinò perentorio.

Il bambino la guardò senza capire e il prete volle che la baciasse. Edgardo la rigirò tra le dita: vide una croce su un lato e, sull'altro, il profilo di una donna.

« È la Beata Vergine Immacolata di Francia », spiegò il sacerdote. « È la tua nuova mamma e sarà lei a proteggerti. »

Muto, Edgardo allungò la mano per restituire quell'oggettino, memore delle raccomandazioni di sua madre, che aveva ripetuto ai figli di non fermarsi nei pressi delle chiese né di inchinarsi davanti ai ritratti dei cristiani. « Rivoglio la mia, di mamma », riuscì a dire.

Il prete scosse la testa e gli appuntò la medaglietta al petto.

Il Lucidi indicò un gigantesco edificio rotondeggiante dalle orbite vuote. « È il Colosseo. È qui che i romani davano i cristiani in pasto ai leoni. »

Edgardo, che nulla sapeva di leoni e men che mai di cristiani divorati, si schiacciò contro il sedile, raccolse le gambe al petto, si morse la lingua. Una folla di pensieri lo teneva soggiogato, uno sferragliare di minacce e nomi ignoti. La sconsolatezza di essere solo aveva preso a bucargli il cuore.

La carrozza, dopo aver percorso una via stretta, si fermò davanti a un palazzo di pietra bianca. Varcato il portone Edgardo fu fatto scendere. Ad attenderlo vi era un uomo alto, con i capelli biondi e ordinati, le pupille azzurrissime. Don Antonio Sangallo, vicerettore dei Catecumeni, assomigliava a un cervo, forte di un'eleganza asciutta e senza orpelli.

« Sarai ben stanco, caro ragazzo. »

Certo che era stanco, e di un'estenuazione che era il risultato non tanto del lungo viaggio e del niente con cui s'era nutrito, quanto dello sbigottimento, del languore e della disperata voglia di annegare nel sonno con l'illusione di risvegliarsi nel suo letto.

« Mangerai e poi farai una bella dormita », promise l'uomo-cervo.

Quando fu davanti a un piatto di minestra e qualche pezzo di pane, ingurgitò il cibo con un'avidità che non aveva mai avuto. Prima ancora di finire sentì gli occhi chiudersi. Appoggiò il capo sulla tavola e precipitò in un sonno profondo. Nella testolina le immagini si scomponevano, la casa delle Lame, la voce di Marianna e quella del babbo, il caldo della carrozza, gli aliti grevi e le spade tintinnanti, la polvere e la luce che aveva attraversato. Qualcuno lo prese in braccio e lo stese dentro una branda senza spogliarlo se non delle scarpe. Al risveglio ritrovò lo sguardo celeste di don Sangallo.

« D'ora in avanti ripeterai con me le preghiere per ringraziare il Cristo redentore. »

Edgardo rimase in un silenzio docile che il vicerettore interpretò come un inizio di resa.

Un barbiere lo tosò tutto. Toccò poi alle donne: una, brusca, lo spogliò e l'altra, più giovane e delicata, lo immerse in una tinozza tiepida. A turno lo strigliavano servendosi di dosi abbondanti di sapone marsigliese. Arrivò il momento di vestirlo con una camiciola, un paio di braghe di stoffa blu e calzette di bianco cotone. Ai piedi provarono dei borzacchini lucidi tanto stretti che non riusciva a camminare. Furono mandati a cercarne di una misura più adatta, ma anche quelli non andavano. Alla fine della giornata ne trovarono di meno eleganti ma più comodi. « Per ora può andare », decise il vicerettore esasperato.

Edgardo chiese della madre e del padre.

« Se ti mostrerai obbediente e imparerai ciò che ti si insegna, li rivedrai presto », provò a rassicurarlo don Sangallo.

« Quando? » insistette Edgardo, pronto a rompere in un pianto.

« Ho detto presto, assai presto. »

« Anche i fratelli e le sorelle? » incalzò incoraggiato dalla promessa.

« Rivedrai tutti, ma prima conoscerai qualcuno che ora è il tuo vero padre. »

Edgardo abbassò gli occhi senza capire.

« Preparati, si va dal pontefice e ricordati di essere sempre composto e rispettoso », ribadì l'uomo-cervo.

Giovanni Maria Mastai Ferretti, duecentocinquantacinquesimo pontefice della Chiesa romana con il nome di Pio IX e destinato a governarla per più di tre decenni, si agitava sul tronetto che era stato di proprietà della famiglia Del Drago. Fin dalla mattina era stato colto da un malessere di cui non si dava conto, e che si manifestava con un cerchio alla testa e una leggera quanto fastidiosa oppressione al petto. Il segretario di Stato, il cardinale Giacomo Antonelli, abituato al mutevole carattere del pontefice, s'era tenuto alla lontana per tutto il giorno. Che il Mastai se la vedesse da solo con i propri malumori.

Solo quando annunciarono l'ingresso della carrozza nel cortile del Quirinale, il segretario di Stato si affacciò nell'appartamento papale. « Vostra Santità, il Mortara è qui. » Vedendo il Pescatore ondeggiare come ubriaco l'Antonelli volle rassicurarlo: « Santità, suvvia, non è il caso d'agitarsi troppo... »

« Non abbiamo bisogno del vostro conforto », replicò l'altro, seccato per essere stato colto nel mezzo di quella oscura inquietudine. « Quando quel vardascio sarà qui, vogliamo che ci lasciate soli. Ditelo alla corte tutta. Ditelo ai cardinali e al camerlengo. E quando diciamo tutti, intendiamo tutti. Nessuno escluso. » Si fermò per avere la certezza che il comando fosse stato recepito in modo chiaro. « Chiameremo noi se necessario. »

Giacomo Antonelli fremette irritato. *Vardascio.* Come era possibile che il pontefice indugiasse nell'adottare termini di quel volgarissimo dialetto marchigiano in cui era cresciuto? Il ciociaro segretario di Stato si era impegnato per anni e anni a raffinare la propria lingua fingendosi toscano, mentre il Mastai esibiva con orgoglio la rusticità delle province da cui proveniva, e si divertiva a salare conversazioni e sermoni con detti e locuzioni delle sue terre.

A dire il vero, il segretario di Stato era preoccupato per quella vicenda di ebrei che considerava poco più d'una bizza papale e che avrebbe portato, ne era certo, guai. Come non ne avessero già abbastanza. Aveva provato a parlarne ottenendone solo reazioni pungenti. « Voi, eminenza, non riuscite proprio a capire i segnali della Provvidenza, ma grazie al cielo siete capacissimo, e ve ne siamo grati, nella cura di quelli grami che sono pur sempre necessari al governo della Chiesa di Cristo. Lasciate i primi a noi e voi continuate a occuparvi degli altri. »

Il Mastai aveva ripetuto a tutta la cerchia che la faccenda del bambino battezzato andava giudicata come una circostanza fenomenale a conferma della santità del suo regno e dell'invulnerabilità del potere che incarnava. A quei discorsi qualche ecclesiastico annuiva suadente, altri scrollavano il capo indulgenti. Il segretario di Stato non apparteneva né ai primi né ai secondi, sempre più inquieto per le notizie che giungevano dalle diplomazie europee.

Allungò l'indice ornato del grosso anello che gli era tanto caro e fece segno di avvicinarsi. Pio IX chinò il busto e strinse le labbra, ma appena schioccò un bacio Edgardo scoppiò in un pianto. Respirava a fatica mentre le lacrime scorrevano lungo le gote, indugiavano ai lati delle labbra, qualcuna sfuggiva fino al mento per poi atterrare ai suoi piedi. Il Mastai scese dalla poltrona, lisciò più volte la fascia che gli cingeva la pancia, tossicchiò.

Allungò la mano in una tiepida carezza con la punta delle dita. « Che cosa piangi, sciocchino? Non c'è niente che tu debba temere. »

Niente. Non smetteva.

« Non sai che ti vogliamo bene? Su, vieni da noi. » Tornò sul trono.

Di avvicinarsi Edgardo sembrava non volerne sapere. Il Mastai fu tentato di suonare il campanello e rimandarlo indietro come un pacco indesiderato. Esitò. Ora che aveva esaurito il pianto, al bambino restava uno sguardo sbigottito.

« Avanti, vieni qui », gli ordinò deciso. « Non ti far pregare. »

Edgardo non mosse un passo.

« Devi sapere, figliolo, che ci prenderemo cura di te perché è stato Nostro Signore Gesù Cristo a volerlo. »

Tutti lo chiamavano figlio o figliolo. Perché? Le lacrime ripresero ad accecarlo.

« Insomma, cos'è tutto questo frignare? » protestò spazientito Pio IX finché riprese a fissarlo amoroso: « Con il tempo capirai, vedrai che capirai ».

Il bambino si oscurò. Che c'era da capire?

« Capirai la grazia che è scesa su di te », concluse il papa.

Bussarono alla porta. Era il segretario di Stato: « È giunto l'ambasciatore di Francia ».

« Che aspetti, il Signor Ambasciatore di Francia! » rispose Pio IX con astio. « Anzi, no. Non c'è niente da aspettare. Si ripresenti domani, semmai, o dopo ancora. »

« Ma, Santità... »

« Eminenza, non tollereremo altre interruzioni. »

5

Che è quando i genitori cercano il proprio figlio

Da tempo – vuoi per viltà, vuoi per imbarazzo – nella bottega di Momolo la clientela si era rarefatta fino a scomparire quasi del tutto. A testimoniarlo era la confusione di bottoni d'osso e madreperla, di nappe, merletti, trecce e gros grain che copriva il bancone.

« Da solo non ce la faccio. » Il padre fissava il maggiore dei figli, Riccardo. Precipitato in una prostrazione senza ritorno, l'uomo faticava a tenere a bada le emozioni. « Dobbiamo occuparci di tua madre e degli altri fratelli e sorelle. È nostro compito reagire, far fronte ai preti, trovare alleati. Senza il tuo sostegno, però, non ce la farò mai. » Meglio umiliarsi nella sincerità che fingersi invincibile. Fu così che a quindici anni Riccardo rinunciò alla gioventù.

« Ho preso contatti con i cugini di Roma, le comunità francesi e dell'Impero », spiegò Momolo. « I rabbini inglesi promettono di fare intervenire Moses Montefiore, un gentiluomo rispettato da tutte le corti d'Europa. Quando tua madre si sarà ripresa andremo a Roma a parlare con le autorità e provare a incontrare Edgardo.»

«Tu credi che te lo permetteranno?» domandò Riccardo.

«Non so. Quel che è certo è che ognuno ha un dovere da compiere, e che questo è il mio.»

«Dimmi, cosa vuoi che faccia?» domandò Riccardo.

«Pregare», gli disse. «E starmi accanto.»

Il mondo era piombato nel buio e a Marianna non sembrava che ci fosse nulla per cui valesse la pena di vivere. La vicinanza paziente del marito e dei figli riuscì a farle ritrovare un poco dell'antica compostezza. Persuaso che fosse giunto il momento, Momolo le disse che dovevano andare a Roma. Sapevano che Edgardo era tenuto in un istituto adibito ai convertiti, circondato da preti e suore e inavvicinabile.

«Temo che sia per me un'impresa insormontabile», confessò Marianna. Si trattava infatti di un viaggio lungo, insidioso, e la sola idea di dover affrontare nuove battaglie e delusioni la atterriva.

« Se lasciamo che passi troppo tempo nostro figlio penserà che l'abbiamo abbandonato. È questo che vuoi? » Somigliava a un ricatto, quello di Momolo, ma non poteva abbandonare sua moglie in quello stato disperato.

Era che la donna s'era già segretamente disillusa intuendo che non avrebbero mai consentito che Edgardo tornasse da loro.

Agli inizi dell'autunno i Mortara furono ospiti di casa Levi, a cui li legava una remota e affettuosa parentela. I lontani cugini conoscevano ogni angolo del potere e ogni piega della furbizia romana e avevano imparato a convivere con il malanimo popolare, a vincere le riluttanze dei burocrati, a reagire di fronte alle intimidazioni del clero. Momolo e Marianna si diressero subito ai Catecumeni di via della Madonna dei Monti, nel cuore di un quartiere che emanava tanfo e confusione.

Nel riceverli don Sangallo montò su tutte le furie. « Nessuno vi autorizza a essere qui. Fino a qualche tempo fa a quelli della vostra razza era vietato persino avvicinarsi a questa casa. »

« Ciò che chiediamo è di riabbracciare il nostro

figliolo », si sforzò di dire pacatamente Momolo fissando il sacerdote. « Siamo pur sempre i genitori. »

Don Sangallo girò la testa verso una nicchia del cortile con dentro un gesso di donna dal volto proteso al cielo e le mani giunte al petto. « Vedete quella statua? »

Marianna e Momolo annuirono.

« La vedete o non la vedete? » chiese di nuovo don Sangallo spazientito.

« Certo che la vediamo », rispose Marianna.

« È la madre di Nostro Signore Gesù Cristo e di tutti i cristiani. Ora lo è anche di Edgardo. Sarà lei a vigilare su di lui meglio di quanto non possiate fare voi. »

La reazione di Marianna fu immediata. « Questa è una bestemmia! Io l'ho partorito e sono e resto la sua unica madre. » L'indignazione le feriva la gola. « Cosa direste se vi avessero strappato alla vostra, di madre? Come pensate che avrebbe reagito? Non v'è rimasto, non dico la pietà, ma nemmeno un residuo di pudore? »

Don Antonio non s'aspettava una risposta così risoluta. « Sia come sia, in questo momento vostro figlio non si trova tra queste mura », ammise.

Marianna non aveva alcuna intenzione di desistere. « Diteci dove si trova. Diteci dove avete portato nostro figlio. Abbiamo diritto di sapere e voi il dovere di dirlo.»

Il prete capì che non si sarebbero accontentati di una risposta evasiva. Si morse un labbro. Gli ordini erano perentori, ma non voleva diventare protagonista di uno scandalo.

«Arriverà il giorno in cui dovrete rendere conto all'Eterno non solo per ciò che avete fatto, ma anche per ciò che non avete fatto», lo incalzò la donna.

«È che non mi occupo di queste faccende. Il mio unico dovere è di fare da custode.» Aveva cominciato a farfugliare, e ciò era buon segno, pensò Momolo che volle approfittare del vantaggio.

«Non ci muoveremo fino a che non ci direte dove sta nostro figlio.»

Don Sangallo capitolò. «Il rettore don Sarra l'ha condotto con sé nella sua residenza d'Alatri.»

I Mortara riferirono il contenuto dell'incontro ai Levi, i quali a loro volta spiegarono che Alatri si trovava a una ventina di miglia da Roma, non facile da raggiungere per via delle strade infestate dai briganti.

«Non sono quelli a preoccuparci», sbuffò Momolo.

Da settimane, David Levi, medico accreditato presso la corte papale, si dava un gran daffare per ottenere un permesso per i Mortara. Quello che ora lo preoccupava era che un atto avventato potesse mandare all'aria il suo disegno. Momolo e Marianna, però, dichiararono che non avrebbero atteso un solo giorno di più.

Appena arrivati ad Alatri, Momolo chiese a una passante della residenza di don Sarra. Convinta che si trattasse di una coppia di devoti, la donna si offrì di guidarli attraverso il dedalo di saliscendi della città vecchia fino a sbucare su un ampio piazzale. Sulla facciata di un palazzo era disegnata una meridiana e sette ellissi, ognuna con una data dell'anno. Era lì, disse, che risiedeva l'ecclesiastico. I Mortara bussarono alla porta più volte finché un domestico venne ad aprire. Don Sarra non era in casa ma in una chiesa vicina per officiare una liturgia serale.

Sui gradini della collegiata, Momolo e Marianna videro i fedeli sciamare. Le donne riponevano i veli, gli uomini accendevano i sigari scambiandosi pareri, giudizi e scommesse. Appena scorse il sagrestano richiudere i portoni della chiesa ormai deserta, Momolo si fece avanti e chiese del prelato. Senza rispondere, l'uomo scomparve per riapparire dopo poco al seguito di un anziano religioso impettito. I Levi li avevano avvertiti che don Sarra era noto per il carattere rude, iracondo.

Appena capì chi aveva di fronte, sul volto del monsignore si disegnò la furia. « Chi vi ha detto dove ci trovavamo? »

« Veniamo da un lungo viaggio e chiediamo solo d'essere ascoltati », implorò Momolo.

« Non c'è nulla che mi dobbiate dire né che io debba ascoltare. »

« Chiediamo solo di rivedere nostro figlio, anche per poco. »

« Solo? E vi pare di chiedere poco? » sbraitò il prelato. « Volete che trasgrediamo alle disposizioni del Santo Padre? La verità è che ci avete teso una trappola, ma non pensiate di intimorirci. »

« Siamo qui per Edgardo. Questo non potete negarcelo », si intromise Marianna fino a quel momento rimasta in silenzio.

« Avverrà quando sarà giunto il momento adatto. E non sognatevi di fare storie se non volete che vi faccia arrestare. »

« Siamo disposti a rimanere in questa piazza la notte intera », dichiarò Marianna al sommo della esasperazione.

Nel frattempo, in un vicolo al lato della chiesa s'era animato un movimento indistinto. Momolo e Marianna aguzzarono la vista. In mezzo a un turbinio di tonache riconobbero all'istante la sagoma minuta di Edgardo e vi si gettarono incontro chiamandolo ad alta voce. Don Sarra, immobile in mezzo alla piazza, si era messo a sbraitare d'essere stato preso alla sprovvista, terrorizzato all'idea di quel che avrebbe potuto dire, e soprattutto fare, il segretario di Stato che aveva dato disposizioni pignole sulla custodia del bambino. Di Edgardo però non v'era più traccia, inghiottito dal buio. Sulla piazza risuonavano solo le imprecazioni di don Sarra che malediva il demonio, i giudei e i traditori che l'avevano pugnalato alle spalle.

Consapevole che non c'era più tempo per le diplomazie, il dottor Levi andò di persona a conferire con l'Antonelli. « Non potete negare, Vostra Eminenza, un atto di umanità alla famiglia », esordì.

La reazione fu del tutto inaspettata. « Concordo, caro dottore. State tranquilli, fisseremo presto una data », rispose il segretario di Stato con un tono assennato.

« Non presto. Ora. »

Sul volto del cardinale calò un'espressione truce. « Vi invito a non abusare della nostra benevolenza. Vi abbiamo promesso di fissare una data ed è noto che, nel bene e nel male, a differenza di voi giudei noi sappiamo mantenere la parola data. »

Momolo e Marianna attesero due settimane prima che fosse annunciata la data dell'incontro con Edgardo che venne fissata per venerdì 22 ottobre. Le condizioni prevedevano che non durasse più di un'ora e avesse luogo all'interno dei Catecumeni sotto la vigilanza di un sacerdote.

La porta si apre con un soffice cigolio lasciando entrare un chierico dall'aria secca che si mette a ispezionare con scrupolo il refettorio immerso nella penombra finché arriva all'uomo e alla donna che adesso si sono alzati. Senza darsi la pena di salutare, il chierico è impaziente di concludere il dovere di piantone che gli hanno imposto i superiori senza conseguenze e nel più breve tempo possibile.

Dal canto loro Momolo e Marianna sostano immobili nel mezzo della stanza quasi temano di infrangere un rito. Il chierico si volta indietro e con la mano accenna un gesto ingiungendo «Su, avanti, muoviti» in tono spiccio. Marianna e Momolo trattengono il fiato. Dal buio della porta avanza la figurina di Edgardo a passi così piccoli da far pensare a una zoppia. Il pallore del volto ha raggiunto le labbra bagnate di paura e le pupille nere e violente sembrano quelle di un cieco. L'animella si ferma, indugia. Indossa un paio di braghe grigie e ai piedi borzacchini che lo stringono fino alle caviglie obbligandolo all'andatura incerta.

Marianna riprende fiato e mentre un diluvio di lacrime le inonda le gote si getta verso il figlio sollevandolo a mezz'aria e soffocandolo di baci e pianto.

Il chierico si lancia bruscamente verso di loro temendo chissà cosa e allora è Momolo che si frappone deciso, obbligando il guardiano a retrocedere e tornare dov'era.

Soggiogato dalla stretta materna Edgardo lascia fare ma non dice nulla a Marianna che ha preso ad assillarlo di domande volendo sapere tutto di lui: cosa fa, come lo trattano, di cosa si nutre. Momolo coglie lo sguardo di Edgardo, ma lo vede piombato e invalicabile. Comincia allora anche lui a fare domande e domande. Vorrebbe sentire il suono della vocetta che ben conosce e non si accontenta dei brevi sorrisi, dello sbattere delle ciglia sul vuoto. Chiede cosa gli dicono, cosa gli insegnano. In un torpido distacco Edgardo non riesce a pronunciare una sola sillaba. Marianna se lo trascina sulle ginocchia come la notte in cui glielo strapparono e prende a cullarlo dicendogli: carne mia, angelo mio, adorata mia creatura.

Il bambino annuisce sprofondando la testa nel petto di Marianna e con le dita arruffa e liscia le pieghe del corsetto.

Ignora, Edgardo, che con quelle parole, quelle lacrime, quel tremore, quelle domande si sta edificando la prigione che lo terrà in ostaggio fino alla morte, bloccandolo per sempre nella luce opaca, nel pulviscolo e nel gelo di quella lontana mattina romana al convento dei Canonici lateranensi di San Pietro in Vincoli.

Come a confidare un segreto che solo lui può udire, Marianna gli bisbiglia in un orecchio *Shmà Israèl Adonai Elohenu Adonai Echad.*

I coniugi Mortara tornarono a casa Levi con la consapevolezza che la battaglia era ormai persa. Tentando di consolarli il cugino annunciò che era atteso a Roma quel Sir Moses Montefiore di cui tutti parlavano, generoso nobiluomo che da tempo aveva preso a cuore la loro causa. « Viene a chiedere che Edgardo sia consegnato a lui. È uomo ostinato e saprà convincerli. »

6

Che è quando un uomo caritatevole le prova tutte inutilmente

La cena poteva essere considerata un discreto successo, inevitabilmente formale e prevedibilmente noiosa. Per dare il benvenuto a Edoardo, principe del Galles, giunto a Roma in visita privata, il colonnello Charles Andrew Bruce aveva radunato sudditi influenti della corona e qualche scampolo di nobiltà romana.

Durante il pasto, l'erede diciassettenne al trono del Regno Unito non aveva esitato a distribuire giudizi ambiziosi e citazioni solenni della madre, regina Vittoria. Il rango e il carattere lo costringevano a un'espressione anodina se non addirittura ebete.

Dalle ampie finestre dell'Hotel des Îles Britanniques sulla piazza del Popolo, la sagoma dell'obelisco di Ramesse II bucava il cielo serale ormai prossimo all'estate. Alle spalle s'alzava la molle altura del Pincio e dal basso saliva il vociare ininterrotto del popolo, il battere degli zoccoli dei cavalli e lo stridore delle ruote delle carrozze.

Moses Chaim Montefiore, tenuto in ostaggio da un lato dal marchese Alessandro Fiaschi Montera, e dall'altro da Agnes Bartholomew Bruce, si sentiva soffocare dal duetto imbastito da un petulante aristocratico e da una dama mediocre tanto per bellezza che per intelletto. In un francese incipriato, il dialogo alternava banalità su « *le printemps enchanteur* » della città e dichiarazioni marziali contro quel « *voyou de Garibaldi* ». Attorno al tavolo dominava però la lingua inglese, arcigna e tirannica quella del reverendo Traver, solenne quella che predicava il cappellano di corte, stridula quella del maggiore Telsdale la cui magrezza ricordava quella di un'istitutrice nevrastenica. La gran parte dei convenuti si limitava a parlottare e ridacchiare, alternando approvazioni a corrugamenti pensosi della fronte con la consueta affettazione.

« Primavera o no, Roma è una città senza fede che Dio ha abbandonato all'opulenza delle rovine », irruppe Sir Montefiore rimbeccando una stupida matrona che pareva non voler finire di tessere elogi dell'urbe pontificia.

Un paio di convitati approvarono per indolenza; l'erede sembrava poco interessato a capire; gli altri restavano assorti nelle loro riflessioni inutili.

« Mi sono sempre chiesto come sia possibile viverci», rincarò Montefiore sperando di risvegliare quel consesso agonizzante. Constatata l'impossibilità dell'impresa, pescò l'orologio dal gilet e controllò l'ora. I minuti parevano incollarsi l'uno all'altro creando una sequenza ferale. Non potendo congedarsi prima dell'avvio delle danze, Sir Moses si rassegnò a vuotare per l'ennesima volta il calice di vino tutt'altro che amaro.

Alto più di sei piedi e anima incandescente, in quei giorni Sir Moses era tormentato da due crucci: le condizioni di salute di sua moglie Judith e il destino del piccolo Edgardo, strappato ai genitori un anno addietro. Tanto il sovrano austriaco Francesco Giuseppe I, che quello di Francia, Carlo Luigi Napoleone Bonaparte, avevano entrambi tentato di convincere il pontefice a chiudere una vicenda che aveva creato scandalo, sollevato proteste ed eccitato malumori e che ora rischiava di compromettere i già delicati equilibri tra i fedeli di entrambi gli imperi. Il papa, però, aveva reagito con irritazione a quelle che considerava indebite intrusioni e fatto sapere ai due imperatori che fosse meglio che si occupassero delle molte beghe che tormentavano i rispettivi domini. Guida del Tavolo della Deputazione degli ebrei inglesi, Montefiore si era tuttavia dato come scopo quello di consegnare nelle mani di Pio IX una petizione, e con quell'idea in testa era approdato prima di Pesach a Roma. Lì aveva incontrato l'ambasciatore di Francia Antoine Alfred Agénor, duca di Gramont, e il rappresentante inglese Odo Russell, a cui era legato da vecchia amicizia.

Il francese lo aveva scoraggiato. « Dopo giorni di scortesissima attesa sono stato ricevuto dal pontefice, ma poco c'è mancato che mi facesse volare giù per le scale. Mi sono fatto l'idea che papa Mastai tema la ghigliottina, e che l'ostilità del mondo civile lo abbia reso crudele più di quanto non avesse già fatto la natura. Solo il nominare i Mortara gli fa perdere il lume della ragione. »

« Non c'è dubbio che la questione sia imbrogliata, eppure le pressioni di Napoleone III e dell'imperatore d'Austria un qualche effetto, magari non a breve, potranno produrlo. A mio giudizio una soluzione positiva non è così insperabile », lo aveva invece rincuorato Odo Russell, che aveva anche riferito di un abboccamento con il segretario di Stato. Al cardinale Antonelli, Russell aveva lasciato intravvedere i vantaggi non solo morali ma anche politici qualora il fanciullo fosse stato reso alla famiglia. Al termine della conversazione il prelato gli era parso meno ostinato, pur se non aveva voluto impegnarsi in alcuna promessa.

E proprio su quella esile speranza facevano ora affidamento i coniugi Montefiore. *Forse troppo esile*, rimuginò Sir Moses, arrancando per la scalinata che portava al piano nobile dell'hotel, dove era in programma il solenne ricevimento.

Le prime battute della ballata n. 1 in sol minore di Chopin accolsero il principe di Galles, subito guidato in un salottino riservato. Quando alle sette di sera prese il via la sequenza dei valzer, Moses Chaim Montefiore si sentiva ormai al colmo della sopportazione. Girovagando tra la folla degli invitati, si trovò in mezzo a un terzetto di signori che si esprimevano in quella che pareva una variante dell'italiano, lingua che peraltro Montefiore padroneggiava fin dall'infanzia, essendo nato a Livorno da una famiglia sefardita che nella penisola aveva trovato rifugio prima di trasferirsi a Londra.

Uno dei galantuomini intuì il disorientamento dello straniero. «Immagino non capiate il nostro dialetto.»

«Dialetto? Quale dialetto?»

«Napoletano, Sir», rispose il giovane dal viso

tondo, barba corta e argento vivo addosso che gli era stato presentato con un nome e un titolo che Montefiore aveva dimenticato.

« Direi che abbia una melodia magnifica, il vostro napoletano, anche se confesso di non riuscire a starvi dietro. »

La congrega stava per approfondire il tema quando l'attenzione di Montefiore fu catturata dall'apparizione del tutto inattesa del servitore Joseph, che s'agitava irrequieto alla soglia del salone. Temendo brutte notizie, Sir Montefiore si congedò dalla compagnia per raggiungere il domestico. « Si tratta di mia moglie? Si è forse aggravata? » domandò affannato.

Joseph scosse la testa. No, non si trattava di milady e invece riferì ciò che stava accadendo nel ghetto ebraico: « Due cristiani sono scomparsi e le guardie stanno mettendo sottosopra case e sinagoghe. C'è molta agitazione e tutto il quartiere è terrorizzato ».

Prima ancora che terminasse, Sir Montefiore si era precipitato in strada e aveva individuato la sua berlina. « Alla Reginella, veloce », ordinò con un colpo di bastone allo châssis.

Man mano che si avvicinavano al fiume cresceva un trambusto di legni spezzati, un battere di ferri, vetri in frantumi. E insieme grida, richiami, sibili, e ancora scoppi. L'antica accusa diceva che gli ebrei erano soliti uccidere i cristiani in un loro rito pasquale per mischiare sangue e azzime. Una volta scattata la furia popolare era impossibile arginarla e anche quella volta, come poco tempo prima a Damasco e poi nell'isola di Rodi, era iniziata un'implacabile caccia all'uomo. Moses Montefiore sapeva bene quanto il nemico fosse crudele e ottuso e ogni volta restava solo da confidare nella benevolenza delle autorità religiose, che pur avevano assecondato e a volte perfino promosso quella folle diceria.

Fu il giovane segretario della comunità, Sabatino Scazzocchio, a riconoscere Montefiore. Il nobiluomo inglese esitava davanti al palazzo dove sapeva che si riunivano i capi della comunità. Scazzocchio gli corse incontro visibilmente emozionato. La fama di Montefiore aveva superato i confini e anche a Roma il suo nome era conosciuto per la sua dedizione alla causa ebraica. La delegazione era riunita al primo piano, dove Salvatore Di Porto, il più anziano di loro, gli fece un resoconto drammatico della situazione, l'irruzione dei gendarmi, il saccheggio delle sinagoghe, la caccia agli ebrei per le strade del ghetto. La marea non faceva che crescere. Montefiore chiese come tutto fosse cominciato.

« Ieri l'altro, in un quartiere di rimpetto due giovani cristiani erano dati per scomparsi. Una donna che si spacciava per maga ha cominciato a dire che eravamo noi ad averli rapiti », raccontò Di Porto. « Dopo poco le guardie fiancheggiate da bande di cristiani hanno assalito i banchi delle pescherie, travolto ogni cosa e pestato chi trovavano per strada. Abbiamo dato ordine a tutti i nostri di chiudersi in casa, ma prima o poi dovremo cedere, perché ci sono malati e feriti, e donne che allattano, e bambini, e vecchi. »

« Chi è che li guida? »

« Il capo della polizia in persona. »

Sceso di nuovo a piazza Giudea, Montefiore incontrò Odo Russell che, anche lui appena informato, si era precipitato al ghetto. Percorrendo a passo rapido l'angusta strada della Rua sbucarono su piazza delle Scole, dove stavano le sinagoghe. Un drappello di uomini armati ne impediva l'accesso. Russell e Montefiore puntarono senza esitare verso il manipolo. Appena chiesero di parlare con chi era al comando si fece avanti un ufficiale.

Montefiore si presentò e sbottò indignato: « State

oltraggiando un luogo sacro nella sera del sabato e con un pretesto del tutto irragionevole».

«La scomparsa di due cristiani non è un pretesto, ma una vicenda grave, caro signore», replicò il capo della polizia derisorio.

«Ordinate ai vostri di mettere fine a questo scempio e andate a cercare i dispersi altrove, perché potete essere certi che non sono nel nostro quartiere.»

«Vostro quartiere?» chiese l'altro alzando il sopracciglio. «Da quando in qua un inglese parla del ghetto di Roma come del suo quartiere?»

«Da quando sono nato, perché sappiate che prima di essere inglese sono ebreo. Questo è il mio popolo, e dunque questo è anche il mio quartiere.»

Sorpreso da una reazione così sfacciata, l'altro ebbe un'esitazione. Arretrò e continuò a dire che i suoi uomini si sarebbero ritirati solo dopo aver ispezionato gli edifici, sacri o non sacri che fossero.

Montefiore si contenne a stento. Voltò le spalle e insieme a Odo Russell tornò alla carrozza. Prima che il conducente desse di frusta ai cavalli, si avvicinò un uomo.

«Sir Montefiore, permettetemi di salutarvi e ringraziarvi», disse con un filo di voce. «So quanto fate per le sorti di un mio parente.»

Montefiore lo fissò senza capire.

« Sono David Levi, cugino di Momolo. Momolo Mortara, il padre del piccolo Edgardo che venne strappato alla famiglia. »

Sir Montefiore scese dalla carrozza e, gesto a lui poco consueto, lo strinse in un lungo abbraccio. « Sappiate che la vostra causa è anche la mia, e vi posso assicurare che farò tutto ciò che è in mio potere perché la giustizia e l'umanità siano ristabilite. Ditelo alla famiglia, e soprattutto dite loro di darsi un gran coraggio. »

Il lunedì mattina i due cristiani ch'erano scomparsi furono rinvenuti in una cantina di un palazzo trasteverino, ancora storditi da una solenne ubriacatura.

La mattina di martedì 27 aprile 1859, a Moses Chaim Montefiore fu comunicato che il segretario di Stato del pontefice, il cardinal Giacomo Antonelli, avrebbe avuto la compiacenza di riceverlo a colloquio. Era il massimo risultato che Odo Russell fosse riuscito a ottenere.

Il caldo dominava la città, rendendo ancora più faticoso scalare i centonovanta gradini che portavano agli appartamenti del prelato. Durante il tragitto Russell volle spiegare a Montefiore di che pasta fosse l'uomo che avrebbero incontrato di lì a poco. Russell riconobbe che l'Antonelli era di cultura solida, esperto nelle relazioni con i poteri, capace di adattarsi se intravvedeva un possibile beneficio per sé o per la Chiesa. Possedeva un'eleganza rara per un ecclesiastico senza essere però manierato, e non gli si conoscevano vizi segreti. L'unico e immenso piacere e insieme scopo di tutta la sua esistenza era maneggiare l'autorità di cui era stato investito. Se minacciato non esitava a ricorrere a qualsiasi mezzo per difendersi. Indifferente alle adulazioni, si inferociva se si riteneva offeso. Lucido e pacato quando studiava un piano, riusciva a esprimere una determinazione crudele e priva di remore nel portarlo a termine.

« Sono sopravvissuto all'assalto dei pirati e non sarà di certo un prete a farmi tremare », commentò Montefiore all'amico, ricordandogli di quando era scampato ai predoni che avevano assaltato la sua nave diretta in Egitto.

Preceduti dal cameriere Joseph, fu questi ad annunciare alle sentinelle che i due gentiluomini erano attesi dal cardinale. Varcata la soglia, Moses Montefiore non poté fare a meno di notare le pareti damascate a rombi dorati e turchini dentro cui erano appese scene bibliche: Abramo che offre la decima al sacerdote Melchisedec, Saul accolto dalle israelite dopo la vittoria sui Filistei, Giaele che uccide il cananeo Sisara. Un finestrone era presidiato da due puttini di bronzo e sui mobili rilucevano ceramiche, un reliquiario, alcuni vassoi e tanti cristalli di molte dimensioni e colori. Quel misto di sacro e sacrilego, di austero e di frivolo faceva pensare più all'alloggio di una gran dama scanzonata che a quello di un severo prelato.

Quando li vide varcare la soglia del salone, il cardinal Antonelli accennò ad alzarsi da dietro la scrivania Luigi XVI ma senza completare la manovra. Aspettò invece che gli ospiti si fossero accomodati per scattare in piedi costringendoli così ad alzare lo sguardo dal basso verso l'alto. Consumati i rituali convenevoli, Montefiore entrò nel merito, rivolgendosi non alla figura dell'Antonelli che stava eretta al suo lato, ma alla poltrona vuota che gli stava di fronte: « Sono qui, signor cardinale, per una sola ragione ».

Fu così che il cardinale saggiò subito di che pasta fosse fatto il suo interlocutore.

« Confido infatti nel vostro favore per ottenere un incontro con il pontefice Pio IX. Mi tratterrò in città pochi giorni ma, nonostante la precarietà della salute della mia consorte, posso allungare il soggiorno per il tempo che si ritenga necessario. »

« Non vi farò attendere nemmeno un minuto più del necessario, Sir Montefiore. Infatti, potete dire subito a me e riferirò a Sua Santità che, come potete immaginare, è sommerso dagli impegni. »

« Ho macinato miglia e miglia e attraversato un continente per conferire con il pontefice e vi sarei davvero grato se voleste favorire questo mio progetto », insistette Montefiore. « Credo che, sia pure immeritatamente, la mia fama di uomo ragionevole mi autorizzi ad avanzare una richiesta del genere. So come trattare con i sovrani e spesso l'ho fatto, e quindi, ripeto, terrei molto a un abboccamento diretto con Pio IX. » Vedendo ostinarsi la preoccupazione dell'Antonelli, Montefiore aggiunse: « Non avete nulla da temere, credetemi. Sono una persona per bene... »

Sulle labbra del segretario di Stato spuntò una smorfietta sarcastica. « In effetti non vorremmo correre il rischio di ripetere ciò che successe al pontefice Nicola III... »

L'allusione era riferita ad Abraham Abulafia, il veemente cabalista catalano giunto in Italia con il bizzarro proposito di convertire il capo della cristianità. Correva l'anno 1280 e quello s'era presentato al palazzo papale di Soriano nel Cimino. Eludendo la vigilanza, Abulafia era riuscito a penetrare nella sala delle udienze trovandovi l'allora pontefice, il quale, atterrito dall'audacia dell'uomo, morì dallo spavento.

« Leggende a parte, e solo voi sapete quante ne siano state narrate di malevole attorno al mio popolo, con tutto il rispetto per la vostra carica e la viva speranza che non mi consideriate una minaccia, ho ricevuto il mandato di consegnare nelle mani del capo della Cristianità una memoria sulla vicenda di Edgardo Mortara. »

La condizione posta da Antonelli all'ambasciatore Russell perché avesse luogo quell'incontro era di non evocare la questione bolognese.

« Vorrei che fosse chiara una cosa, Sir Montefiore », rispose il segretario di Stato, ora esplicitamente indispettito. « Per quel che ci riguarda, la storia a cui vi riferite è da considerarsi definitivamente conclusa. »

Le parole schizzarono come olio bollente lasciando il cardinale risoluto, Odo Russell crucciato e Sir Montefiore fuori di sé.

Il sultano Abdülmecid è meno arrogante di questo cialtrone, pensò Montefiore. « Cardinale Antonelli, non siamo qui per una visita di cortesia ma per affrontare una storia, se così la volete chiamare, che per noi è tutt'altro che definita. »

« E noi insistiamo che non è possibile fare alcunché di quanto voi e i vostri correligionari auspicate. È fuori di dubbio che chi è battezzato sia cristiano e come tale ha da crescere. Potete però contare su una certezza o, se volete, su una consolazione: abbiamo adottato ogni misura perché un evento tanto tribolato non abbia a ripetersi. » Montefiore sbuffò, ma Antonelli tirò dritto: « E in ogni caso quando il giovane di cui vi preoccupate avrà raggiunto l'età adulta sarà libero di seguire ciò che gli detterà la coscienza. Nel frattempo, i genitori potranno fargli visita come e quando vorranno ».

« Permettetemi una domanda, cardinale. »

« È abitudine che ci si rivolga a noi con la formula 'vostra eminenza' », puntualizzò Antonelli.

« Conosco i vostri usi, come immagino voi conosciate i nostri, cardinale », insistette Montefiore. « Tutti – e quando dico tutti non mi riferisco solo a noi ebrei, ma anche a dottori della Riforma e persino a membri del vostro clero – si chiedono come sia possibile che la Chiesa cattolica si affidi alle parole di un'analfabeta che sostiene... »

« È noto cosa sostenga l'analfabeta », lo interruppe bruscamente Antonelli. « Nel corso di uno scrupolosissimo processo abbiamo considerato e pesato ogni parola della donna oltre a quelle dei testimoni e dei vicini, e i giudici hanno concluso con un verdetto sicuro e irrevocabile. Fossi in voi, Sir, non insisterei troppo su questo tasto. Sapete bene che nei territori governati da Santa Madre Chiesa agli israeliti è vietato usare servitù cristiana. I Mortara disobbedirono a una legge, ora la smettano di lagnarsi delle conseguenze che devono patire.» Quel che stizziva il cardinale, più del fatto che il suo interlocutore avesse richiamato palesemente la vicenda bolognese, era la totale assenza di timore riverenziale. «E poi, via, Sir Montefiore, davvero credete che ci siano sconosciute le manovre che avete messo in atto per rovesciare il naturale governo di Sua Santità? Immaginate non si sappia che i vostri diano man forte ai fuorilegge del Mazzini? Che congreghe come la Giovine Italia siano piene di israeliti? Che un vostro parente livornese sia stato arrestato per avere congiurato? Se gli ebrei degli Stati che governiamo sono tanto ansiosi di quella che chiamano libertà, possono sempre trasferirsi nei territori piemontesi. Qui nessuno li trattiene.»

Montefiore si aggiustò il cilindro, accarezzò la cima del bastone e decise di porre fine alla conversazione inconcludente. «Non sia mai che siano i piemontesi a trasferirsi a Roma per portarvi quella che noi chiamiamo libertà.»

«Pensate che tale minaccia, o fantasiosa ipotesi che dir si voglia, possa convincerci a rinunciare ai nostri principi? Ci conoscete male, Sir Montefiore, e male conoscete la nostra storia. Abbiamo avuto molti e ben più robusti nemici. Ora i vostri correligionari hanno deciso di fare fuoco su di noi, ma noi, come proclamava un centurione, per altro pagano, *hic manebimus optime.*»

Avevano ragione i consiglieri romani. Aveva ragione l'ambasciatore francese. Avevano ragione gli scettici e i pessimisti. Con quella gente c'era poco da fare. Non c'erano accortezze diplomatiche che tenessero, né spazio per negoziare.

Montefiore si ammutolì qualche istante, considerando quell'amara verità. In questione non era il suo orgoglio, ma il destino di una creatura e lo strazio di una famiglia. «L'unico motivo che mi muove è la pietà per dei genitori disperati. Speravo di trovarne un poco anche presso di voi, ma mi accorgo che mi illudevo.»

«Pietà? Voi dunque parlate di pietà? E allora ditemi quanta pietà hanno gli ebrei di Torino che non perdono occasione per tuonare contro la Santa Sede ricoprendola di insulti e calunnie! Non è forse fuoco questo? Non sono proiettili che mirano al cuore della cristianità? »

Ciò che pareva intollerabile al cardinale era lo slancio nazionale dimostrato da molti ebrei piemontesi che nel progetto unitario vedevano la sola speranza di una emancipazione definitiva dopo secoli di ghetti, restrizioni, abusi, stelle gialle. Già da quattro anni un accreditato rappresentante della comunità, l'astigiano Isacco Artom, aveva assunto un ruolo di effettiva importanza con la nomina a segretario del conte di Cavour. Che la popolazione ebraica vedesse riconosciuta la propria voce al pari degli altri cittadini era motivo di scandalo per la curia romana e abominevole negazione di ogni principio che fino ad allora aveva governato i territori papali.

« Non sono qui per dibattere questioni di politica, ma di ciò che strazia un padre e una madre. »

« Non avete alcun bisogno di commuoverci. So bene in che condizione incresciosa si trovino quei signori, di cui per altro, torniamo a ripeterlo, sono essi i primi e unici responsabili. Ciò non cambia la sostanza: il piccolo è cristiano e come tale verrà cresciuto. »

« Come è possibile ignorare le voci che si levano da tutte le parti del mondo? Non vi turba il fatto che alcuni ottimi cattolici abbiano perorato la causa? »

« So bene quanta pressione venga esercitata anche da parte di coloro che voi – con molta generosità ma scarsa competenza – definite 'ottimi cattolici'. Immagino che tra questi mettereste anche quel bellimbusto del delegato francese, il duca di Gramont, che ha già avuto modo di far versare lacrime amare a Sua Santità! Per non dire dei vostri compatrioti e alleati protestanti, a cui non par vero di poter spargere veleno, ignorando che noi abbiamo uno scudo fenomenale che è Gesù Cristo, figlio di Nostro Signore. »

« Cardinale Antonelli, non mi sono mai intromesso nelle beghe delle accolite religiose altrui, essendomi sufficienti quelle, e credetemi non sono poche, della mia. »

« Però vedo che non esitate a cercare di trarne un tornaconto. Siete o non siete stato voi ad aver chiesto aiuto agli evangelici d'Inghilterra? »

« Sono loro ad avermi chiesto di presenziare a un'assemblea di Liverpool, e io, per senso dell'opportunità, ho declinato l'invito. Il mio scopo non è sostenere un partito religioso, ma restituire un bambino ai legittimi genitori. »

« Vorrete anche negare che persino Napoleone III abbia ricevuto continue sollecitazioni da parte vostra e dei vostri sodali? »

« All'imperatore ha chiesto udienza una delegazione che aveva a capo il sindaco di Londra e il prevosto anglicano di Edimburgo. Sono stupito delle informazioni sommarie di cui siete in possesso, che mi auguro non vi siano costate più del dovuto. Vi ripeto che per noi tutto ciò non ha a che vedere con il governo, ma con la giustizia naturale. Siamo pur figli del medesimo Dio. »

« Diciamo che il vostro, di Dio, da un po' di tempo a questa parte sembra avervi trascurato. »

Questo era troppo e segnava la fine vera di quell'inutile chiacchiera.

« Tutt'altro, caro cardinale », ribatté convinto Montefiore. « Dio non ci ha mai abbandonato e men che mai nei tanti momenti cupi. Le umiliazioni e le ingiustizie che il nostro popolo subisce non portano la Sua firma ma, semmai, la vostra. » Moses Chaim Montefiore si alzò con cautela, diede uno sbuffo ai pantaloni e abbandonò sul tavolo il memorandum. Si congedò dal cardinale Antonelli senza accennare un inchino, e appoggiandosi al braccio di Odo Russell ridiscese i centonovanta gradini. Appena rientrato diede ordine di preparare i bagagli e annunciò mesto a sua moglie: « Domani si torna a casa ».

*

Un mese dopo, nella basilica di San Pietro in Vincoli, Edgardo Mortara fu battezzato con un rito completo e poi cresimato. Sospettando che un vizio di forma potesse invalidare quello amministrato da Anna Morisi, fu lo stesso Pio IX a volerne officiare uno nuovo e completo al di là di ogni dubbio. Giunto all'unzione il pontefice volle ricordare che «la cresima è il sacramento che rende perfetti cristiani e soldati di Gesù Cristo, e ne imprime il carattere». Dopo aver steso le mani sulla testa del fanciullo, gli cosparse l'olio segnandogli la fronte con una croce, invocò lo Spirito Santo e diede la benedizione.

Edgardo era stato arruolato in una guerra a lui incomprensibile ma del resto ai bravi soldati non si chiede di capire ma solo di obbedire.

7

Che è quando il Grande Inquisitore viene processato

L'accusa era grave: attentato alla pubblica tranquillità. Dopo averla pronunciata, il maggiore dei carabinieri Michelangelo Berardi aveva aggiunto un rapido e compiaciuto vi-dichiariamo-in-stato-di-arresto. La soddisfazione di mettere le mani sul grande inquisitore di Bologna fu tale che gli uomini della scorta non faticarono a cogliere il lampo di orgoglio che ne aveva illuminato le pupille. Il mondo stava cambiando e Bologna con esso. Nella imminente sovversione dei poteri, all'interno di una di quelle faglie in cui si fa la storia, nella penisola si tracciavano nuovi confini e si affacciavano nuovi padroni. Solo qualche mese prima era stata nominata una giunta provvisoria cittadina che aveva espresso al primo ministro sabaudo, conte Camillo Benso di Cavour, la volontà di sottomettersi al comando di Sua Maestà Vittorio Emanuele II, sancendo così l'agonia dell'autorità papale. Il cardinale legato Giuseppe Milesi Pironi Ferretti aveva abbandonato la città convinto che ormai non ci fosse più nulla da fare. Certezza ormai condivisa tanto dal pontefice massimo come dall'ultimo dei curati di campagna. Si era dunque all'atto finale di un'epoca gloriosa e miserabile. L'inquisitore padre Feletti di fronte all'annuncio imperioso del maggiore dei carabinieri si mostrò imperturbabile: « State tranquillo, non tenterò la fuga. Usatemi semmai la bontà di lasciare che mi vesta ».

Appena le guardie si scansarono con un riflesso di deferenza, l'inquisitore cominciò a indossare il saio, i calzari e la certezza che la disfatta era definitiva.

Eppure lo avevano avvertito: il nonno di Edgardo, Samuele Levi Mortara, si era rivolto alle autorità sabaude appena insediate per reclamare la restituzione del nipote e per chiedere un castigo esemplare per i rapitori. Rapitori: era quello il termine adottato dall'ufficialità. Nemmeno si trattasse di briganti, invece che di apostoli della legge divina. Del resto, non stupiva tanta audacia insolente dopo che Garibaldi aveva definito Pio IX cancro e vampiro d'Italia, e da decenni Voltaire, Diderot e d'Alembert intossicavano generazioni e generazioni infamando il Soglio di Pietro.

« Perché il nonno e non il padre? » aveva chiesto Feletti perplesso.

Perché Momolo, gli avevano spiegato, si trovava a Londra in cerca del sostegno dei correligionari e dei sodali protestanti e massoni ed era dunque necessario che l'inquisitore si mettesse subito al sicuro. Nonostante la quasi certezza di doversi addossare tutte le responsabilità, Feletti non prese in considerazione la fuga nemmeno per un istante, consapevole che ciò avrebbe comportato l'ammissione di una colpa che non si riconosceva. Non rientrando la viltà nel catalogo delle sue debolezze, aveva dunque deciso di rimanere nella città su cui aveva dominato e dove – si disse, beandosi dell'enfasi ampollosa – quei senzadio avrebbero potuto inchiodarlo alla croce.

Invece di essere trascinato sul Golgota, padre Feletti fu rinchiuso al Torrione, carcere che sotto il governo papale era destinato ad agitatori ed eretici. Del resto, era così che si muoveva la vicenda umana, a volte capovolgendosi per ingratitudine e ignoranza, servita da traditori e codardi, presidiata da banderuole.

Padre-perdona-loro-perché-non-sanno-quel-che-fanno, recitò ma subito se ne pentì: ma che perdono e perdono! Nessuna pietà per coloro che sanno bene ciò che fanno e che semmai ignorano a chi lo stanno facendo e quale potere supremo incarni. Da quanta magnifica grazia sia protetto senza che nulla possano gli ingrati, gli ignoranti, i traditori e i codardi e le banderuole amen. No-Padre-non-perdonarli-semmai-aiuta-la-tua-Chiesa-a-sconfiggerli-in-Nome-tuo-di-tuo-Figlio-dello-Spirito-Santo-e-così-sia.

Durante il tragitto verso la prigione, Feletti aveva saputo che le autorità davano la caccia anche a Luigi De Dominicis, in quanto esecutore materiale del fatto. Il De Dominicis, poco propenso al martirio, scettico della giustizia divina e indifferente alla reputazione, aveva preferito la latitanza. Che lo trovassero se ne erano capaci, si consolò soddisfatto Feletti mentre misurava con i passi il perimetro angusto della celletta.

Dalla finestra della stanza dei Catecumeni arrivò prima un sibilo acuto, poi un fracasso di pietre che alzò una nube di polvere. Seduto al tavolo sotto la sorveglianza del tutore, Edgardo cominciò a tremare, allargò le braccia, si paralizzò.

Soprannominato « il pretino » per via di quell'aspetto riluttante a diventare adulto, Francesco Ottorini, deciso a entrare nel clero, era stato incaricato di seguirlo negli studi. All'inizio aveva pensato che quello stravagante comportamento di Edgardo non fosse che un gioco. Poi un dispetto. Poi ancora un capriccio. Il bambino continuava a non muovere un muscolo e sembrava non respirare più. Appena il tutore lo sfiorò Edgardo lanciò un urlo. Da pallido il volto s'era fatto paonazzo, le labbra tese e ringhianti. Ottorini lo chiamò più volte. Edgardo si era alzato muovendosi lentamente come un sonnambulo. Dopo qualche passo si gettò a terra pestando i pugni e la testa contro il pavimento di pietra. Il tutore si precipitò a cercare aiuto. Corsero in molti ma nessuno sapeva che fare. Giunse anche Sangallo che preso il catino dei lavaggi mattutini ne scaraventò il contenuto su Edgardo, il quale spalancò la bocca cercando di respirare come se stesse per affogare.

La sorpresa fu enorme per tutti perché fino a quel momento la creatura non aveva dato segni di irrequietezza e si era anzi mostrata mansueta e disciplinata. Don Sangallo lo sollevò da terra. Sul volto fradicio erano ancora riconoscibili i segni della furia che lo aveva posseduto mentre dalla fronte colava del sangue su un'espressione ebete e ilare.

« Non far più una cosa del genere, stupido animale », lo minacciò il vicerettore.

Ottorini trasse a sé la creatura, stringendola tra le braccia come ricordava faceva sua madre quando i fratelli si lagnavano per la fame o il freddo. Cresciuto nella povertà della campagna, Ottorini era stato tratto in salvo dal parroco del paese, che aveva intravisto in lui doti meritevoli di essere coltivate e convinto i Cappuccini a farlo studiare. Alle soglie dell'età adulta, da qualche mese a Roma e in attesa di essere ordinato sacerdote, Ottorini si sdebitava come maestro ai Catecumeni, ma s'era sempre sentito estraneo all'imponenza della religione romana e ai suoi riti. Sapeva però che doveva adattarsi a quel mondo che rappresentava il centro della fede. La vicinanza di Edgardo, dal canto suo, gli sollecitava sentimenti che non si adattavano con la disciplina. Coglieva in quella creatura le crepe di un vaso mal aggiustato, tanto che la sfiorava sempre con cautela per paura che si sbriciolasse sotto le sue dita.

Don Sangallo era di tutt'altro umore e convinzioni. Non provando alcuna commiserazione, era solo preoccupato dall'idea di ciò che avrebbero potuto dire e fare le gerarchie superiori. « Che sono tutte queste storie, piccolo idiota? Se ricapita ti chiudiamo nelle cantine », ripeté ancora, inferocito.

« Dovete capire, succede che i bambini abbiano di questi modi », provò a giustificarlo Ottorini.

Edgardo però non li ascoltava. Si diresse invece verso il letto e, con la faccia rivolta al muro, si rannicchiò restando così fino a sera.

Don Antonio Sangallo riferì l'accaduto al rettore don Sarra il quale, temendo anche lui seccature e rimproveri, minimizzò sostenendo che ci voleva tempo prima che il fanciullo fosse del tutto addomesticato.

« Forse si dovrebbe avvertire sua eminenza Antonelli », provò a suggerire il vicerettore.

« Ma che dite? Volete altre grane? Per ora dimentichiamoci di tutto. Ne riparleremo semmai dovesse accadere di nuovo. »

Accadde di nuovo, più volte. Una paralisi e poi un delirio travolgevano Edgardo senza che le premure del maestrino o le partacce del vicerettore riuscissero a calmarlo e riportarlo alla ragione. Si pensò a una malattia congenita, alla malaria, perfino a una qualche presenza demoniaca, tanto che fu sottoposto a rituali di purificazione e circondato da scapolari, immagini sacre, reliquie e crocefissi.

Non c'era verso. Don Sarra decise che era venuto il momento di allertare il segretario di Stato.

« Ne ero sicuro! Sicurissimo! Ero certo che avrebbe portato solo altri problemi », reagì stizzito l'Antonelli. Quando Pio IX chiese notizie aggiornate del protetto, il cardinale fu tenuto a riferire delle crisi ricorrenti e degli inutili tentativi per guarirle.

La reazione del Mastai lo colpì come una bastonata. « Vi avevo detto e ripetuto e ridetto e ripetuto di voler essere messo al corrente d'ogni cosa, e voi e tutti gli altri ve ne siete infischiati. Allora deve essere vero quel che dice qualcuno e, cioè, che in questa corte non posso contare sulla fedeltà di nessuno. »

Antonelli ebbe ancora una volta il buon senso di tenere la bocca chiusa.

« Portatemi il ragazzo », ordinò il papa.

Edgardo fu denudato, insaponato, sciacquato, asciugato, vestito di nuovo, scrupolosamente pettinato e finalmente condotto davanti a Pio IX.

« Finalmente, figliolo caro », gli disse il papa allargando le braccia. Lo fissò aspettandosi una reazione. « Sapessi quanto ti abbiamo atteso », insistette. « Ci dicono che alla Casa tu faccia dannare tutti con i tuoi capricci. È così? »

Il piccolo stava con gli occhi bassi.

« Dicci, dicci pure: è così, figliolo mio? Ti trattano forse male? » Di fronte al silenzio di Edgardo la voce del papa si fece ancora più suadente: « Suvvia, non fare quel musetto. Confidati con noi, che ti amiamo come un padre ».

« Non sei mio padre », disse finalmente Edgardo lasciando sbigottito il papa.

« Che vai dicendo? Certo che lo sono! Sono padre del popolo di Cristo, ma tu tra tutti sei il mio preferito. » Smise il tono compiacente e ne assunse uno più grifagno: « Non scordarti che quando ti rivolgi a noi ci devi chiamare vostra Santità ».

Dal suo tavolo, sommerso da fogli, libri, calamai, orologi, coppe, teche e crocefissi, Pio IX dominava l'incessante viavai di cardinali e presbiteri, suore e laici, rappresentanti di associazioni e confraternite, membri di compagnie, frati e titolati, uomini d'affari e gentiluomini che dalle province portavano omaggi e riverenze. Il pontefice sorrideva, interrogava, annuiva, ordinava, rimbrottava, dettava, liquidava. Nelle pause inforcava tondi occhialetti, si fissava pensoso su qualche documento, sussurrava veloce, firmava solenne o accartocciava imprecando. Dalla sediola dove aveva trovato posto, Edgardo seguiva ogni movimento, scrutando i personaggi che si avvicendavano sulla scena.

Ogni tanto il papa alzava gli occhi su di lui e poi tornava al lavoro. Dai finestroni entrava il fulgore della luce del giorno, una luce a tratti violenta e indomabile. Edgardo si alzò e Pio IX lo ammonì: « Dove te ne vai, monello? »

Il bambino s'era piantato in mezzo al vasto locale fissando il soffitto di stucchi dorati. Poi rivolse lo sguardo a un dipinto che copriva l'intera parete e su cui un gruppo di figure se ne stava raccolto attorno a una roccia. Una di loro teneva in mano delle grandi chiavi, un'altra sollevava una coppa. Nel mezzo di una nube lattiginosa, volava un uomo coperto a metà da un panno svolazzante inalberando una croce e un libro.

« È Nostro Signore Gesù Cristo, che è stato ucciso dalla gente da cui provieni e da cui ti abbiamo tratto in salvo », spiegò il Mastai, che ora gli stava alle spalle.

Edgardo girò il capo e lo guardò confuso: di quale gente parlava? E gli uomini sulla roccia chi erano?

« È Mosè, e vicino c'è il vecchio Abramo pronto a sacrificare l'amatissimo figliolo in segno d'obbedienza al Signore. »

Edgardo, pur senza capire, non riusciva a togliere lo sguardo da quella soffocante bellezza.

« Sopra a tutti c'è colui che ci ha preceduto. Ma ora è presto perché tu intenda. Non temere, verrà il momento in cui anche tu saprai riconoscere la verità », aggiunse il papa mentre tornava a sedersi.

Padre Pier Gaetano Feletti pareva l'ombra di sé stesso. La cera del viso gialla e screpolata faceva risaltare le vescicole, i porri, le grinze e le vene violacee mentre implorava Dio e la Madonna *ave maria gratia plena dominus tecum* perché salvassero la Chiesa che aveva servito con giudizio, fedeltà e convinzione. Non si rassegnava di trovarsi tra quelle mura *benedicta tu in mulieribus* destinate a stregoni e idolatri, sodomiti e adultere *et benedictus fructus ventris tui iesus*. Non si faceva ragione che la storia si fosse infilata in un sentiero tanto stretto, ammaliata dal demonio *sancta maria mater dei...* La feccia aveva travolto ogni cosa in un disegno accurato *be-*

nedictus fructus ventris tui iesus e travolgente *ave maria gratia plena dominus tecum* cosa ne era del gregge mite, dei sacrifici e delle devozioni? Che ne era dell'alto progetto? Quale il destino della Parola? *benedicta tu in mulieribus*. Dalla feritoia della cella il crepuscolo correva verso la notte *sancta maria mater dei, ora pro nobis peccatoribus nunc et in hora mortis nostrae amen*.

Per un concorso del caso, come il procuratore Francesco Carboni accennò alla « separazione violenta del fanciullo Edgardo Mortara dalla propria famiglia israelitica per motivo di dedotto battesimo », Feletti fu colto da un singhiozzo irrefrenabile. Il poveretto non riusciva a dissimularlo e tanto meno a farlo tacere. Il breve singulto ritmava la contrazione dello stomaco e faceva saltellare il corpicino dell'inquisitore, smagrito tanto da parere consunto.

Il giudice, uno degli avvocati e alcuni del pubblico notarono il fenomeno, che qualcuno interpretò come ennesima prova del disdegno di un uomo che aveva incarnato il terrore in città e che non sembrava disposto a piegarsi a qualsivoglia autorità che non fosse la propria.

Il fatto era che capivano male. Come del resto

male lo avevano sempre interpretato. La sua convinzione aveva qualcosa di più connaturato della sicumera e di più feroce di una qualsiasi malvagità. La fede nell'universo che aveva fin lì abitato e dominato gli era indispensabile come l'ossigeno. L'unico sprezzo di padre Feletti riguardava semmai il presente, che considerava come un passaggio triviale della Storia ma non certo il suo epilogo. Gli interpreti del nuovo potere avevano dal canto loro meno certezze di quanto volessero far credere, mentre lui *sapeva* che la Chiesa non solo sarebbe sopravvissuta, ma avrebbe seppellito i suoi antagonisti.

Carboni ignorò il singhiozzo che echeggiava nell'aula come un metronomo ed esordì con le mani giunte alle labbra come per pregare. « Padre Feletti, siete consapevole di avere compromesso l'ordine pubblico e la pace familiare? »

« Nient'affatto », rispose l'accusato, per poi guardarsi attorno e notare compiaciuto i volti imbarazzati dei funzionari che fino a poco prima lo veneravano come un santo. Pensavano di avere a che fare con un vecchio logorato e non con un uomo forte della grazia divina. « Perché poi avremmo turbato l'ordine pubblico, proprio noi che ne siamo garanzia da secoli? Vi rendete conto della stravaganza dell'accusa che ci addossate? Chi l'ha suggerita? Se è la nostra testa che si vuole, non si cerchino pretesti: tagliatela e facciamola finita.» L'inquisitore si accomodò sulla panchetta, soddisfatto del debutto.

«Nessuno vuole tagliare teste, padre reverendissimo. Siamo qui per svolgere un'indagine e voi siete accusato di aver turbato la vita della città dando ordine di...»

«Ci è noto cosa abbiamo ordinato e vi avviso, signore: per ciò che riguarda il nostro operato come inquisitore del Sant'Uffizio daremo conto unicamente alla Suprema Sacra Congregazione di Roma che fa capo al sommo pontefice Pio IX.»

«Non potete ignorare le responsabilità che aveste nel rapimento di una creatura di sei anni!» sbottò il magistrato, che cominciava a stancarsi di tutta quell'arroganza.

«Ci consola il pensiero che quell'innocente è un angelo che invocherà per noi la misericordia divina, a noi ben più cara della vostra.»

«Non avete alcuno scrupolo, voi che dite di essere uomo di fede? Non vi rimorde un angolo della coscienza?»

«Certo che ne abbiamo di scrupoli, signor procuratore, e molti. Ed è proprio lo scrupolo ad averci portato a obbedire a chi era legittimo padrone di queste terre.»

« Dunque, sostenete che non foste voi a decidere ma Roma. Potete provarlo? Abbiamo perquisito la vostra residenza ma trovato solo cenere. »

« Tutto ciò che riguarda il Sant'Uffizio è materia che compete a esso e non saremmo mai stati autorizzati a consegnarlo. Se la lealtà e l'obbedienza sono un reato, ebbene, ci dichiariamo rei. »

« Che abbiate ricevuto un ordine è cosa da dimostrare. »

« È arcinoto che la disposizione venne da Roma, tanto che il fanciullo fu ricevuto e custodito ai Catecumeni e il Santo Padre benedisse la creatura proclamandosi suo tutore e padre. »

Non un'esitazione, non un ripensamento, nemmeno l'ombra di un rimorso.

« Mi chiedo come non inorridiate all'idea di avere separato tanto brutalmente un figlio dai genitori. Di che pasta siete fatto? Siete certo che sia un obbligo cristiano obbedire a disposizioni tanto ripugnanti? » Il procuratore dovette interrompersi e ricordare che il proprio compito era quello di interpretare il diritto dello Stato e non sfogare la furia di un massone. « Vi suggerisco di nominare un avvocato difensore. »

« Non nomineremo alcun avvocato né firmeremo carte per la semplice ragione che non riconosciamo legittimità alcuna alla vostra giurisdizione. »

Il magistrato nominò come difensore d'ufficio Francesco Jussi, avvocato la cui fama superava i confini delle terre di Romagna. Il penalista accolse di buon grado l'incarico, consapevole del prestigio che gli avrebbe portato se fosse riuscito a dimostrare – opera del resto facile – che padre Pier Gaetano Feletti era il mero esecutore ma non l'autore di quella triste vicenda.

La processione dei testimoni durò giorni. L'aula del tribunale era gremita di popolo ansioso di vedere giudicato chi era stato giudice, con la misera soddisfazione dei complici di un tempo pronti a trasformarsi in carnefici.

Al momento di deporre, Anna Morisi apparve ben diversa da come tutti la immaginavano. Abbandonata la goffaggine claudicante ed estirpate le pose più grossolane, la Nina si mostrò dimessa, quasi serena. Nei momenti di difficoltà, seppe tutelarsi, consapevole che la sua parola valeva più di quella di chiunque, essendo lei artefice e unica testimone di quel che affermava.

« In un primo tempo fu il fornaio a consigliarmi di battezzare Edgardo, che tutti sapevano moribondo », rispose Nina ai magistrati che le avevano chiesto come fosse stato possibile che proprio lei, che non aveva mai mostrato alcuna propensione religiosa, si sentisse obbligata a rendere cristiano un israelita.

« Certi doveri nascono dal cuore e dalla coscienza », continuò soddisfatta e ben istruita. « Approfittai dell'assenza dei genitori e somministrai il sacramento perché Edgardo fosse accolto da Cristo Nostro Signore. » Tacque appena un istante, fissò il crocefisso che pendeva sulla testa dei giudici e si segnò la fronte piegando il capo.

Armenio Ingrassia, anziano magistrato che di processi ne aveva visti tanti ma nessuno di quel genere, lucidò le lenti degli occhiali con moti circolari del fazzoletto, li ripose sul naso, e chiese: « Avete testimoniato che in quel periodo, durante le commissioni quotidiane che vi erano affidate, parlaste con il Lepori, il fornaio che vi istruì su come battezzare l'infante. Eppure, molti sostengono che proprio in quei giorni eravate inchiodata al letto ».

« È vero, ebbi una colica... » Esitò appena un attimo la Nina che non faticò a riprendersi: « Questo però avvenne qualche giorno dopo il battesimo che detti ». Basta inciampi e piantarelli. Nessuno le avrebbe tolto ciò che si era conquistata.

Furono chiamate altre donne del quartiere che avevano confidenza con la Morisi e non poche colsero l'occasione per ricordare il passato disinvolto della fantesca, a cui non perdonavano d'avere ottenuto ciò che anche loro avevano a lungo e inutilmente rincorso. I giudici e il pubblico ascoltarono divertiti gli aneddoti in cui si riconoscevano soldati infoiati, vicini incolleriti, furtarelli e prestiti mai resi.

A testimoniare fu chiamato anche il medico della famiglia Mortara, che negò che Edgardo si fosse mai trovato in condizioni di salute così gravi. « Ma quale malattia mortale! » sbottò il dottor Saragoni. « Si trattava di febbre verminosa, di cui si ammalano spesso le creature e che guarisce con un clistere mollitivo. » La testimonianza fu verbalizzata ma suonò poco convincente o comunque irrilevante.

« Nei tre mesi che fu presso di me, la Morisi non disse nulla né alluse mai ad alcun battesimo », depose Elena Pignatti, vicina di casa dei Mortara e compagna della Nina. « Quando la vidi andare tre o quattro volte dai domenicani e le chiesi cosa ci andasse a fare, mi rispose che le avevano fatto giurare di tenere la bocca chiusa per non perdere i vantaggi che le avevano garantito. » Era evidente però che le parole della Pignatti erano dettate dal rancore.

Tornata di nuovo al banco dei testimoni, la Morisi si guardò bene dal negare i benefici ricavati: « Certo che volevo andare in sposa, e il sagrestano mi lasciò intendere che padre Feletti disponeva di denaro da offrire come dote a giovani bisognose come me ». La mancanza di pudore lasciò ammirata la platea e inquieto padre Feletti, che non voleva che tutto si riducesse a una volgare transazione mercantile. Temendo di aver detto più del dovuto, la Morisi si corresse: « Per onestà devo dire che padre Feletti non promise nulla e mi suggerì di rivolgermi semmai ai caritatevoli frati dell'Annunziata ».

« Una dote e un marito sono qualcosa di più di una carità », obiettò il giudice.

« Il marito però è solo merito mio! Ci conoscevamo fin dall'infanzia, e per quel che riguarda la dote è stata appena sufficiente ad aprire una bottega. »

Francesco Jussi, avvocato difensore dell'inquisitore, ebbe gioco facile. « Mi rivolgo a voi che siete chiamati a giudicare lo stimato padre Pier Gaetano Feletti che fu, come è dimostrato, interprete di una volontà alla quale lui era tenuto a obbedire. » Jussi ricorse a tutti gli stratagemmi linguistici, teologici, morali e popolari e a un'ampia retorica per affermare l'inconsistenza dell'accusa. « Qualcuno in quest'aula ha parlato del rapimento di un figlio al padre. Ebbene, giudici stimati, la formula corretta è ben altra: bisogna spiegare che si trattava di un figlio cristiano e di un padre ebreo. »

Si guardò attorno per vedere quale effetto avessero sortito le sue parole e non vide battere ciglio.

« Devo ripeterlo? Un figlio cri-stia-no e un padre e-bre-o. » L'avvocato scandì le sillabe per essere certo che il concetto venisse ben compreso. « Bene, se questo è conclamato, allora si intendono le ragioni di quell'atto che fu tragico per la famiglia – cosa che nessuno osa negare – ma necessario e doveroso per rispondere alle leggi dello Stato a quel tempo sovrano. »

Jussi si compiaceva del pathos che riusciva a evocare. Approfittando del vantaggio, decise di scardinare gli elementi accusatori più deboli. « Sia pure con imbarazzo non ho difficoltà ad ammettere che la Morisi non è donna dal passato irreprensibile e che, anzi, spesso si è abbandonata senza scrupoli all'amore carnale. Si tratta però di peccati che riguardano la legge divina e non quella umana, ed è quest'ultima che siamo noi oggi tenuti a interpretare. Aggiungo che, se ci rifiutassimo di prestare fede a qualcuno per via delle debolezze umane, chi potrebbe essere autorizzato a salire sul banco dei testimoni? »

Dal pubblico si alzò un brusio compiaciuto.

« Parliamo della famiglia Mortara. È vero che aiutarono la giovane a partorire un frutto illegittimo mostrando una generosità non comune a gente della loro razza, avida e trafficante... »

Qualche sghignazzo gorgheggiò nella sala del tribunale.

« Quel che consola è che Anna Morisi è oggi devota madre di famiglia. » A quel punto Jussi si lanciò in cavillose questioni teologiche chiamando in causa addirittura Martin Lutero: « Fu proprio il padre della Riforma ad affermare che il battesimo anche dato per gioco rimane valido ».

« Ma via, avvocato, Lutero non può essere portato come prova a discarico di un rappresentante della Chiesa cattolica! » si spazientì Carboni, a cui parve che la difesa si stesse spingendo oltre il lecito.

« Era per dire che tutti i cristiani », si giustificò Jussi, « persino se protestanti, ritengono sacro l'atto attraverso cui viene garantita la salvezza di un'anima. Ci fu poi Ambrogio Catarino... a tutti è noto chi fosse, nevvero? »

Nessuno, né il giudice Carboni né gli altri del

consiglio né tanto meno il pubblico avevano mai sentito quel nome. Essendone certo, l'avvocato Jussi si era preparato la lezioncina. « Ambrogio Catarino fu nel Cinquecento arcivescovo di Santa Madre Chiesa, illustre teologo ed esimio giurista dell'ordine dei domenicani, lo stesso a cui appartiene l'imputato. Bene, il Catarino sostenne che un battesimo è da ritenersi efficace quando la forma sia stata corretta, anche se le intenzioni del battezzante sono contrarie. » Insistette: « Pensate un po': anche se le intenzioni del battezzante sono contrarie, purché il rito sia quello prescritto dalla Chiesa. E infine, signori della Corte... » A quel punto indugiò più a lungo. « Ebbene, signori della Corte, vi è anche chi sostiene che, quando il battesimo si dà con l'intenzione esplicita di conferirlo, è da ritenersi valido. E questo è il caso di Edgardo Mortara. »

Il 16 aprile 1860, circondato da un silenzio tombale, il giudice Carboni era pronto a leggere la sentenza. Padre Feletti era rimasto nel suo angolo con l'addome infuocato. L'avvocato Jussi si guardò tutt'attorno: su un banco stavano Samuele Levi Mortara, suo figlio Momolo appena tornato dall'Inghilterra e gli zii di Edgardo, Angelo Padovani e Angelo

Moscati. Marianna aveva rinunciato a essere presente, convinta che non c'era nulla da aspettarsi.

« Io invece credo che le nuove autorità ci renderanno giustizia », aveva ribattuto il marito. « Sarò in aula perché voglio che tutti sappiano che la famiglia Mortara non si è data e non si darà mai per arresa. »

La voce del giudice Carboni risuonò nella sala.

« Regnando Sua Maestà Vittorio Emanuele II, il Dittatore delle Province Modenesi e Parmensi, Governatore delle Romagne Luigi Carlo Farini, ha assegnato a codesto Tribunale Civile e Criminale di Prima Istanza il compito di giudicare il qui presente padre Pier Gaetano Feletti, accusato di turbamento dell'ordine pubblico. Riuniti in consiglio, i giudici decretano che il Feletti venga assolto per non potersi procedere contro di lui per questo fatto che fu considerato opera del Principe. »

Samuele Levi Mortara si rivolse al figlio. « Quale principe? Di cosa parla? »

Del papa, spiegò Momolo. « Dicono che la colpa di portarci via Edgardo fu di Pio IX e non dell'inquisitore. »

« E dunque? » insistette il vecchio, che non capiva.

« E dunque il delinquente va libero. »

Samuele Levi Mortara chiuse gli occhi. Li riaprì solo quando fu certo che in aula non fosse rimasto più nessuno.

Con cadenza martellante Edgardo venne istruito ai principi del cristianesimo. Ascoltava, annuiva, abbassava gli occhi quando non capiva ma in testa sentiva agitarsi come una confusione di fischi e grida che in alcuni momenti si facevano tanto potenti da forargli i timpani. Allora schiacciava le tempie con il palmo delle mani, batteva la nuca contro il tavolo, e sentiva la pelle scottare e non riusciva più a udire ciò che gli dicevano né a ripetere ciò che gli imponevano. Dopo giorni e giorni fatti di sollecitazioni spesso sgarbate imparò a ripetere il *Credo in Deum Patrem omnipotentem Creatorem caeli et terrae et in Iesum Christum Filium Eius unicum Dominum nostrum qui conceptus est de Spiritu Sancto natus ex Maria Virgine...* La recitazione ne usciva impetuosa e a tratti incomprensibile ma chi sovrintendeva era soddisfatto del dominio della sua memoria. Edgardo usciva da quelle prove arreso e sfinito e trovava un poco di pace solo nel fissare il crocefisso appeso in cima al letto. Quell'uomo nudo e inchiodato, la testa circondata di spine e poggiata su una spalla, lo distraeva dalla propria inquietudine. Gli avevano detto che si trattava del figlio di Dio che bisognava amare e onorare. Eppure, non riusciva a scordare le raccomandazioni che sua madre non si stancava di ripetere ai figlioli: mai baciare una croce, mai genuflettersi di fronte a immagini cristiane.

8

Che è quando Edgardo si prepara a farsi prete

« Una cosa è certa, ai Catecumeni non può restare. Ci stanno tutti addosso e una decisione va pur presa », dichiarò il cardinal Antonelli.

Pio IX, con aria pacifica e irritante, continuò a scorrere il cartiglio che aveva tra le mani. « Abbiamo l'impressione che vi lasciate troppo suggestionare dai vaneggiamenti dell'imperatore d'Austria e della sua corte », commentò.

Non c'era modo, Pio IX non voleva proprio capire. La vicenda di Edgardo Mortara aveva esacerbato gli animi, agitato le cancellerie di mezz'Europa e resuscitato antiche dispute teologiche proprio ora che lo Stato pontificio si trovava sotto assedio. Qualsiasi cosa ne pensasse il Mastai, bisognava decidere la sorte del bambino, dato che le mura dei Catecumeni non garantivano più alcuna protezione.

Nient'affatto turbato dalla insistenza del cardinale, Pio IX tornò alla conversazione che preferiva, e cioè quella con sé stesso, che quasi sempre accompagnava con un massaggio all'anello che gli ornava l'indice.

L'Antonelli non aveva mai amato quel pontefice, che anzi disistimava per via della grevità contadina, dell'ostinazione immotivata, della tracotanza compiaciuta. Ciò non gli impediva però di riconoscerne l'abilità di difendere sé stesso e l'istituzione che presiedeva, indifferente alle intimidazioni, ai ricatti, alle false lusinghe.

Il cardinale sapeva di non avere scelta, dato che la sovranità papale era assoluta e incontestabile. Doveva quindi armarsi di una dose supplementare di flemma e ricorrere a una seduzione non smaccata e persuasiva.

Pio IX, dal canto suo, mal digeriva la figura di quel signorotto che si vantava nobile, pur riconoscendogli una capacità inconsueta di governarsi senza mai tradirsi, sapendo contenere i più scabrosi moti dell'anima e trasformarli in qualità.

Di quella rivalità sottintesa erano entrambi consapevoli, una contesa che spesso li sfiniva ma che non avrebbero mai abbandonato sapendo quanto ognuno di loro compensasse i lati deboli dell'altro.

Finalmente il pontefice decise che era venuto il momento di uscire dal pensoso silenzio. Mai abusare della propria forza, si era mille volte detto e ripetuto, perché l'eccesso invece di accrescerla finiva per indebolirla. « Lo sapete bene, eminenza, che non si tratta di una decisione da prendere su due piedi. L'idea che siano i gesuiti a occuparsene non è praticabile dopo che i fogli liberali si sono messi a battere la grancassa e ad accusare i nostri amati confratelli di essere dominati dai pregiudizi solo per il fatto che non accettano tra i propri ranghi chi abbia sangue giudeo. »

Toccava ora al segretario di Stato tacere in attesa di vedere la maturazione del ragionamento.

« Avrete pure una qualche altra idea », insistette il papa. « Del resto, ne avete sempre. »

L'Antonelli ingoiò l'ennesima villania. « Ci pare che l'istituzione più adatta sia quella dei Canonici Regolari. »

Pio IX drizzò la testa come una lepre in allerta. « Ottimo, davvero ottimo », commentò dopo una rapida riflessione. « Questo sì che ci pare un ottimo consiglio. »

Incassato il riconoscimento, il segretario di Stato volle aggiungere che i Canonici Regolari vantavano antica storia, costumi rigorosi e fedeltà certa, qualità non frequenti negli ordini ecclesiastici.

Mastai si mostrò compiaciuto. « Vedete? Anche voi quando volete sapete essere di valido aiuto. È che di solito siete così collerico e impaziente che facciamo fatica ad ascoltarvi e a capirvi. » Fece una pausa e lo fissò beffardo. « Eminenza, ve lo diciamo con affetto paterno, avete una pessima indole. »

Il collerico e impaziente Antonelli non batté ciglio.

« Ma se non ricordiamo male », proseguì Pio IX, « i Canonici pretendono che gli allievi abbiano natali nobili o comunque onorati, requisito che i Mortara non possono certo vantare. »

« Confidiamo nell'amicizia dell'abate generale, che appena saprà della vostra decisione sono certo sarà lieto di accogliere Edgardo che è pur sempre... » Il cardinale si fermò un istante, ma non rinunciò lui questa volta a una pressoché impercettibile beffa, « ... figlio del papa. »

Gorgogliando di soddisfazione, Pio IX lo congedò con un cenno del capo.

Alla fine di dicembre, cinque mesi dopo l'arrivo di Edgardo ai Catecumeni, fu deciso di trasferirlo al collegio dei Canonici Regolari che aveva sede in un cupo palazzo cinquecentesco ancorato alla basilica di San Pietro in Vincoli. Il compito del passaggio fu affidato al giovane Francesco Ottorini. Lungo il tragitto che separava la Casa dei Catecumeni dal convento, il tutore non smise di domandarsi se fosse stato davvero onesto e giusto separare una creatura dai genitori naturali.

Il dubbio lo assillava da tempo senza che riuscisse a risolverlo. Il suo confessore, padre Amedeo, aveva provato a placarlo citando il Salmo 128: « Beato chiunque teme il Signore e cammina nelle sue vie! » Al diacono però quelle parole non erano state sufficienti. Era semmai – aveva pensato pur senza dirlo – una raccomandazione che nulla spiegava e men che mai consolava. In questione non era l'obbedienza timorata, quanto il sospetto che la via intrapresa non fosse quella tracciata da Dio ma piuttosto quella calpestata dagli uomini.

Il momento che Ottorini più temeva era arrivato. Messo insieme il modesto bagaglio e profuse alcune garbate raccomandazioni, il tutore non riusciva a ignorare il malessere acido che gli bruciava lo stomaco.

« Dove mi porti? » chiese Edgardo mentre si ultimavano i preparativi.

« Dove sarai protetto e istruito come meriti », mormorò Francesco non senza arrossire di vergogna e di sdegno. « E dove avrai come amici molti giovanetti della tua età. »

« Starai con me? » insistette il bambino.

Francesco esitò. « No, questo non sarà possibile. » Poi gli fece una promessa che sapeva non avrebbe mantenuto: « Sappi però che non ti lascerò mai da solo ».

Ad accoglierli fu don Giuseppe Orsi, l'abate generale dell'ordine dei Canonici Regolari della Congregazione del Santissimo Salvatore lateranense le cui origini risalivano a secoli che si perdevano nelle memorie e splendevano nelle leggende. Fin dalla fine del Quattrocento la canonica aveva trovato sede nella basilica dedicata all'apostolo Pietro, di cui custodiva le catene – i vincoli appunto – della sua prigionia. La vicinanza con il Mosè michelangiolesco illuminava il prestigio di un ordine noto per il riserbo, l'obbedienza e la devozione.

Ritto sulla soglia della piazza romana, l'abate indossava una candida veste talare parzialmente coperta da un rocchetto di lino anch'esso bianco e aveva la testa accarezzata da un cappuccio. Il tutto conferiva un'aria di dignità modesta, orgogliosa e senza orpelli.

Nel congedarsi da Edgardo, Francesco avrebbe

voluto stringere tra le braccia quella creatura, e invece si accontentò di poggiarle appena una mano su una spalla. « Sii bravo e che Iddio ti protegga. » Di nuovo in strada, quando nessuno avrebbe mai potuto sentirlo, aggiunse pieno di rancore: « E soprattutto protegga chi ti fa tanto male ».

Invece di fare ritorno ai Catecumeni, Francesco cominciò a vagare senza meta oppresso da una malinconia inspiegabile. Si ripeteva, senza convincersi, di avere obbedito come era suo dovere a un ordine sacrosanto e che Edgardo era in buone mani. Eppure un crescente disgusto gli saliva dallo stomaco soffocandolo. Senza sapere come, si trovò a vagabondare in mezzo a campi a lui ignoti con la città ormai lontana. Di tanto in tanto si fermava a qualche fontanile per riposare e dissetarsi, esasperato da una confusione che lo stordiva. A sera entrò in un terreno dalle parti della Cervelletta dove cercò riparo per la notte e trovò spazio in un ovile. Gli odori degli animali, la notte sempre più fredda, i fermenti che salivano dalla terra gli ricordarono i lunghi giorni della sua misera infanzia. Non fosse stato per la compassione di un parroco e la generosità dei monaci, il suo destino si sarebbe consumato nella fame delle terre in cui era nato.

Edgardo, dal canto suo, non smetteva di chiedere notizie del tutore. Voleva rivederlo come gli aveva promesso e non si rassegnava all'idea che potesse essere scomparso. Esasperati da tanta insistenza, l'abate generale e la cerchia di canonici provarono a ingannarlo raccontando prima che Francesco Ottorini era malato, poi che era risanato ma ormai in viaggio per una destinazione remota. È risaputo che i bambini sono disposti a credere a tutto salvo che alle bugie avendo connaturato un rivelatore che intercetta con precisione ogni menzogna lieve o grave che sia. Sono poi loro a decidere cosa fare dell'inganno, se oggetto di protesta e svelamento o – come più spesso accade – di fittizia accettazione. Pur rassegnato a perderne le tracce, l'incontro con il « pretino » aveva lasciato una traccia che sarebbe durata nel tempo e che presto il tempo avrebbe trasformato in rimpianto.

Edgardo eccelleva nello studio, da cui traeva il conforto che addolciva ogni nostalgia. I maestri lo blandivano e incoraggiavano pur conservando il sospetto, la diffidenza e forse anche una qualche gelosia. Formidabile in grammatica italiana e latina e portato all'arte oratoria, assorbiva il francese e il greco con una rapidità stupefacente, come se i libri da cui imparava non aspettassero che lui. Lungo gli anni ruvidi dell'adolescenza divenne padrone della storia sacra e profana, muovendosi a proprio agio sulle mappe geografiche di cui citava i nomi di destinazioni tanto lontane da sembrare inventate. Nemiche dichiarate erano l'aritmetica e la calligrafia. Nei numeri, ripeteva, non aveva fiducia, sospettando che gli tendessero trappole, mentre la bella scrittura si concludeva in righe storte, sbaffi e gocciolature. Né ci fu modo di educarlo al disegno.

« Perché almeno non ti metti alla prova? » aveva tentato di persuaderlo il maestro, un presbitero noto per le capacità artistiche. Don Saverio Anguisi, già stanco di vecchiaia, immaginava che se il ragazzo avesse valicato il confine dei chiaroscuri, se si fosse avventurato nella creazione dei profili, degli scorci e dei panneggi, se avesse sentito sotto le dita formarsi l'ordito e chiarirsi la figura, si sarebbe forse trovato più a suo agio con le forme della vita che pareva essergli estranea.

Nulla da fare: a ogni manovra con le matite o prova con i pennelli, Edgardo storceva la bocca, strapazzava i fogli, pasticciava le tinte, cancellava le prospettive sbagliate, le sagome grottesche, gli studi sgangherati.

La notizia che di lì a poco Edgardo, alle soglie dei quindici anni, avrebbe incontrato il pontefice si sparse tra gli allievi alla velocità della luce stimolando poca ammirazione, molte invidie e ancor più commenti maliziosi. L'allievo era poco amato dai pari che in lui vedevano o l'esemplare di un incomprensibile privilegio o l'incarnazione di un modello inarrivabile. In entrambi i casi la sua presenza provocava soggezione, diffidenza ma più spesso ostilità. Uno di quelli, tale Augusto Frascani, gradasso che suscitava più timore che rispetto tra i compagni, durante un pasto domenicale farfugliò qualcosa che fece esplodere la congrega in sghignazzi rumorosi. L'unico a non aver colto la beffa era proprio l'oggetto della stessa. Grazie però all'istinto che distingue le vittime, era sicuro di essere il bersaglio del dileggio collettivo. Per nulla intimidito alzò uno sguardo gelido sulla congrega che si azzittì di colpo. Edgardo li fissò uno a uno fermandosi sul Frascani: « Fai ridere anche me, se ne sei capace ».

« Sarebbe difficile », provò quello a reagire. « Tu non ridi mai. »

Edgardo si compiacque dell'imbarazzo provocato e non fece nulla per attenuarlo: « Non siete altro che dei bambolotti viziati ».

Aveva imparato a caro prezzo che il malanimo che lo circondava non poteva essere vinto con la mitezza, e che lui avrebbe invece dovuto farsi scudo con la fierezza del proprio privilegio.

Roma, basilica di Sant'Agnese, 12 aprile 1866

Il coro aveva appena intonato il *Te Deum laudamus te Dominum confitemur*: noi ti lodiamo, Dio, e confidiamo in Te, Nostro Signore.

Ritto, con la camicia candida che gli impallidiva il volto, a quindici anni Edgardo padroneggiava una gravità matura, tanto ben recitata da sembrare più vera del vero. Quando coglieva i coetanei scambiarsi segni di intesa beffarda, opponeva una beatitudine soddisfatta fissando la figura rotonda di Pio IX acciambellato su una poltrona vellutata, le mani che si scaldavano l'un l'altra in instancabili carezze.

Alla fine dell'ultima strofa gregoriana – *In te, Domine, speravi non confundar in aeternum* –, Edgardo ripeté convinto ed estasiato quella promessa, *non confundar in aeternum*, perché era proprio la confusione che l'opprimeva e lo guidava. Un sacerdote lo avvisò che toccava a lui entrare in scena. A passi lunghi si diresse verso la teca dove erano custodite le reliquie della martire bambina e patrona delle vergini. Nel leggere la leggenda della giovinetta dodicenne che gli angeli avevano protetto accecando chi voleva oltraggiarla, Edgardo sentì un tenue incoraggiamento. Ecco di chi sarebbe stato amico e fratello, si disse. Ecco con chi avrebbe potuto condividere la pena della solitudine e la disaffezione del mondo. Nel mosaico che sovrastava la basilica, Agnese appariva coperta d'una magnifica tunica purpurea dallo scollo gemmato, creatura folle d'amore e fiera del patimento con cui aveva difeso il pudore anche nella morte.

Tra la folla si riconoscevano in prima fila i membri della famiglia Colonna e accanto la schiera degli Orsini e dei Sacchetti. Poco distanti i Torlonia, i Theodoli e i Lancellotti, tutti annoiati dalla cerimonia ma abili nel non darlo a vedere. Con una voce ancora immatura a cui scappavano note acute e farsesche, Edgardo recitò l'ode che il canonico Davide Farabulini aveva composto per esaltare il pontefice e in cui si ricordava il miracolo che qualche anno prima aveva visto uscire indenne Pio IX dal crollo improvviso della canonica. Il pontefice veniva ora lodato come *santo Duce, sommo Pio e gran Gerarca che innamora ogni alma che sia d'empi odî accesa.* Nonostante la pochezza del poemetto, Edgardo fu attento a rispettare la metrica esatta e a non inciampare.

Il pontefice si mostrò compiaciuto tanto da commentare con l'Antonelli: « Vedrete quante soddisfazioni ci darà questo giovane ».

Il ragazzo tornò in mezzo ai coetanei, e quando l'organo accennò un solfeggio il papa si alzò e prese la parola. Prima omaggiò l'autore dell'encomio, poi benedì gli ospiti, infine rese grazie al Signore Iddio.

« Cari fratelli », cominciò a dire il pontefice, « voi tutti sapete che furono in molti a volerci rapire il bambino che or ora ha letto in modo tanto persuasivo un soave omaggio alla nostra persona. Ci accusarono di essere un barbaro e uno spietato » – fremiti di disapprovazione tra il pubblico – « e rimpiangono i suoi genitori, senza pensare che anche noi siamo padre. Nessuno si rammarica che in Russia ci rapiscano i nostri tanto cari figli polacchi. Ciò che noi facemmo per questo ragazzo, avevamo il diritto e il dovere di farlo; e se occorresse lo faremmo di nuovo! »

Al momento della benedizione Edgardo girò lo sguardo e, ornato d'un sorriso, fissò i compagni con soddisfazione. Al termine della cerimonia il Mastai gli assegnò una rendita annuale di quaranta scudi.

Negli anni divenne tradizione che Edgardo partecipasse al pranzo natalizio papale. Il 25 dicembre del 1867 i due erano seduti distanti attorno a una tavola assediata da una ventina di commensali tra cui il piemontesissimo cardinal Luigi Billio, da qualche anno Cameriere Segreto di Spada e Cappa del papa, funzione che lo obbligava a supervisionare tutte le attività della corte e ad assistere il pontefice in molte funzioni delicate. Il cardinale, che poteva vantare un'infanzia misera e maltrattata, mostrò una sincera simpatia per il giovane Mortara. «Abbiamo molto in comune», gli annunciò prima ancora di iniziare il pasto. Subito dopo la prima portata, gli raccontò come fosse nato povero e fosse poi stato vittima delle sevizie di un patrigno crudele. «Ma, come del resto è successo a te, anche nel mio caso la Provvidenza divina è intervenuta in modo insperato e per via di, pensa un po', un calzolaio. Sì, hai capito bene, un calzolaio!» E lo ripeteva come fosse un evento miracoloso da ammirare. Compiaciuto, si strofinava spesso il grande naso con il tovagliolo quasi stesse per soffiarselo. Edgardo sapeva di non avere l'autorizzazione a parlare ma solo il dovere d'ascoltare e così fece. Pur a distanza Pio IX seguiva il racconto del cardinale, lieto di quella generale armonia che s'era creata attorno alla tavola. Nutriva molta riconoscenza per il cardinal Billio, perché era tra coloro che più collaboravano a predisporre un'idea che aveva a cuore, e cioè quella dell'infallibilità papale che di lì a poco sarebbe diventata un dogma. Dall'altra parte della tavola s'era pacificamente piazzato il più tondo e più nobile cardinale aquilano Raffaele Monaco La Valletta, anch'egli intestatario di fresca nomina come Maestro di Camera, carica che lo rendeva responsabile dell'organizzazione delle cerimonie e dei maggiori eventi alla corte pontificia ma, soprattutto, della gestione delle finanze della corte, il che gli consentiva di dominare indisturbato e onorato. A dire il vero, La Valletta cardinale vero e proprio non era ancora, ma a tutti era noto che presto, prestissimo, lo sarebbe diventato, tanto che lui faceva già tirocinio fingendo di esserlo e assumendo tutti i toni, le posture e anche le decisioni che competevano al ruolo promesso. La Valletta sorrideva di continuo, certo che fosse quello il modo migliore per disarmare chi avesse mai avuto intenzione di usurparne il ruolo. E di maldisposti ve ne erano sempre, persino attorno a quell'armonioso desco natalizio.

L'eroe di quella giornata era però il cardinale Filippo de Angelis, Guardiano del sigillo privato e responsabile della gestione dei documenti e delle lettere private del pontefice romano. Pio IX aveva azzittito ogni conversazione proprio per celebrarne il sacrificio. Dall'espressione incuriosita di Edgardo il papa capì che il giovanetto ne ignorava la vicenda che lui stesso volle ricordare.

« Questo caro, carissimo confratello ha sofferto come pochi nel nome di Cristo Nostro Signore e per mano di quei senzadio. » La curiosità di Edgardo era autentica e il papa non si fece pregare due volte. Arricchendo di dettagli la storia, descrisse l'arresto e la lunga prigionia dell'augusto porporato nelle galere infami dei Savoia dove era stato tradotto per aver alzato la sua voce contro l'annessione delle Marche al Regno unitario. Durante la lusinghiera esposizione papale il de Angelis aveva mantenuto un tono compunto e modesto, quasi si ritenesse indegno di tanta celebrazione. La verità era che, giunto al settantacinquesimo anno d'età, e dopo l'aspra prova carceraria, si sentiva solo, stanco e con l'unico desiderio di tornare nella propria arcidiocesi, indifferente ormai alle lusinghe umane.

Il servizio del cibo era affidato a una schiera di domestici cubicolari, più conosciuti come scopatori segreti, denominazione che però – visto l'equivoco volgare che poteva generare – venne presto dimenticata. Il drappello aveva una rigida gerarchia, rispecchiata nell'abbigliamento composto da panni in seta di Damasco e di color paonazzo. A decidere la scansione delle portate, a intercettare ogni segnale e ad anticipare i desideri papali era uno smilzo maggiordomo che volteggiava con l'abilità di un ballerino e che con un'occhiata dava indicazioni ai sottoposti. Dal soffitto scendevano lampadari di cristallo che irradiavano una luce sfavillante e inutile, visto che quella solare irrompeva dai tanti finestroni.

Pio IX amava la convivialità, le chiacchiere, gli elogi, i pettegolezzi, le battute, persino le ingiurie, purché destinate ai suoi nemici, e si interrompeva solo davanti all'arrivo e alla distribuzione delle pietanze elaborate che in Edgardo non destavano né sorpresa né appetito, tanto che i camerieri cubicolari si trovarono costretti a portar via il piatto appena sfiorato.

Ci fu un momento in cui uno starnuto fece tremare le gote di Pio IX, ancor più i commensali, e accorrere uno scopatore che per altro aveva come unico dovere quello di tenere pronto un fazzoletto ricamato su una guantiera d'argento. Non c'era nulla che potesse cogliere impreparato il cerimoniale: i bicchieri dentro cui brillava il vino sanguigno venivano rabboccati prima ancora di essere svuotati, le briciole di pane sulla tovaglia fatte scomparire quasi contemporaneamente al loro spargimento, la frutta lucidata come pietre preziose mentre dall'ultima delle sale arrivava una tiepida musica di organo. Quella perfezione formale aveva però un che di desolato in una giornata che avrebbe invece dovuto essere illuminata dall'allegria per la nascita del Messia cristiano. C'era stata l'imponente messa notturna che il papa stesso aveva officiato, e poi quella di mezzodì, assegnata al decano del collegio cardinalizio.

Completato il rito del pranzo, il Mastai si dedicò tutto al ragazzo.

« Se non facciamo male i conti sei entrato nell'età virile. »

« Vado per i diciassette, vostra Santità. » Edgardo faceva attenzione a mantenere un tono moderato quando parlava per non fare sospettare di voler approfittare della familiarità concessa.

« Che magnifica età è la gioventù », sospirò il Mastai, che sapeva quel che diceva, avendola percorsa in ogni sua stravaganza. « Ora noi siamo vecchi e la nostra Chiesa indebolita, eppure ci ricordiamo quando fummo, noi e Quella, forti e invincibili. » Un'ondata di bisbigli di cortese e dovuto dissenso percorse il perimetro della tavolata. Poco incline alla nostalgia, Pio IX cambiò repentinamente argomento: « Come procedono gli studi? Ti soddisfano i maestri? Speriamo che non pecchino di indulgenza solo perché sei figlio del papa ».

« Sono tutt'altro che indulgenti », s'azzardò a dire Edgardo. « E se devo dire il vero, non lo sono stati mai. »

« Il che è un bene, perché ricordati, figlio, che la debolezza dei maestri rende fragili, mentre tu dovrai essere forte, sempre più forte. Molte prove ti attendono e sono tanti i nemici che tenteranno di farti scordare il bene che è sceso su di te. »

L'Antonelli cercò di distrarsi sbriciolando l'ultimo resto di pane in attesa delle parole conclusive del pontefice: « Non scordarti mai che sei destinato a grandi progetti, figliolo nostro caro ». Finalmente il segretario di Stato trovò il coraggio di alzarsi da tavola e, dopo aver baciato la mano di Pio IX, si accomiatò per tornare nei suoi appartamenti imitando a bassa voce l'accento del marchigiano: « Oh, figlioletto nostro, sei destinato a grandi progetti, grandi progetti, sì, sì, grandissimi progetti... Vedrai tu che progetti, vedrai... »

Se la cerimonia a Sant'Agnese rimase un fiero ricordo, quella che l'anno seguente ebbe luogo a San Gregorio per festeggiare Costantino, l'imperatore convertito, fu mortificante.

Seduta in cima al monte Celio, la chiesa intestata a quel Gregorio Magno che volle essere ricordato come *servus servorum Dei* era tra le preferite di Pio IX, che vi convocava cerimonie sacre e adunanze civili. Sotto il catino absidale era stato predisposto un trono coperto di velluto e addobbato di candide calle. Tutto era pronto ad accogliere il sommo pontefice: il clero ordinato in schiere simmetriche ai lati dell'altare, il coro dei cantori, le monache assiepate nelle navate e pronte a scattare per qualsiasi necessità. Il pubblico era per lo più composto da rappresentanti di quell'aristocrazia assidua al Quirinale mista a qualche florido borghese che si era aggiudicato i favori papali grazie a donazioni e commerci.

Il corteo si arrestò davanti all'ingresso e con lentezza solenne il papa scese i tre gradini della scaletta che avevano posto ai suoi piedi, accolto da applausi e grida di giubilo della folla. Nello scorgerlo da lontano Edgardo abbandonò il suo posto in mezzo al coro di giovani per corrergli incontro con una impetuosità incontenibile. Quando Pio IX iniziò a percorrere la navata centrale, il ragazzo, che ora gli stava di fronte, si inchinò con un gesto ampio e incauto per baciargli la mano. Fu però tanto maldestro da rovinargli addosso. Il pontefice spalancò le braccia in cerca di un equilibrio impossibile, oscillò, si piegò su un lato e fu per cadere. Solo grazie all'intervento fulmineo di una guardia riuscì a ritrovare una ormai insperata posizione eretta.

Tornato padrone della perduta stabilità, gli calò sul volto l'espressione spietata dei momenti peggiori: « Come hai potuto, bestia che non sei altro? » prese a latrare a denti stretti. « Sarebbe bella che ora si andasse dicendo che Mortara ha voluto accoppare il papa. »

Il ragazzo era sgomento. Tutt'attorno era calato un biasimo muto e assordante.

« Fai penitenza e subito », ordinò il papa indicando l'impiantito con l'indice inanellato. « Avanti, bacia per terra. »

Edgardo non era sicuro di avere capito ciò che si volesse da lui. Con lo sguardo cercò aiuto. Nessuno glielo diede. Non gli restò che genuflettersi, questa volta con prudenza circospetta, la testa vuota d'ogni pensiero se non quello di obbedire. Sfiorò con le labbra il marmo impolverato. Restò qualche secondo immobile a scrutare il pavimento cosmatesco, i rimasugli di sporcizia dimenticata, qualche formica indaffarata.

Pio IX tornò a tuonare: « Non basta! Non bastaaa! »

Che altro doveva fare?

« Segna tre volte la croce con la lingua. »

Edgardo singhiozzò in un conato.

« Ti ho detto di fare il segno della croce tre volte », insistette implacabile il Mastai, che nel comminare una pubblica umiliazione dava sempre il meglio di sé stesso.

Quel gesto crudele che aveva riaffermato l'insindacabile dominio di un monarca sul suo protetto rimase a lungo nella memoria avvilita di Edgardo, fino a quel momento persuaso di essere intestatario di un diritto esclusivo e garantito in eterno. Si accorse, invece, di essere composto della sostanza di un trofeo impagliato pronto a essere esposto con orgoglio ma pur sempre sottomesso alla volontà del bracconiere che, in ogni momento e senza darne conto a nessuno, avrebbe potuto ridefinirne la collocazione e confinarlo in un angolo.

L'esercito piemontese irruppe in città il 20 settembre 1870. Chi immaginava, temeva o sperava che Roma avrebbe cambiato pelle, sbagliava. Restò uguale a sé stessa, veloce nel sottomettersi a dominatori sconosciuti quanto risoluta a mantenere le proprie abitudini e i propri vizi. Alcune regole furono riscritte dai funzionari di un tempo che ora acclamavano il nuovo re insieme ai sudditi, tutti soddisfatti di conservare l'antica mescolanza di astuzia e indolenza, favoriti dalla spietata bellezza di una città senza rivali.

Il papa abbandonò il palazzo del Quirinale, che pure aveva tanto amato al punto da avere voluto decorare le stanze di Paolo V e affidato a Tommaso Minardi la composizione di un vasto dipinto murale, intitolato alla Missione degli Apostoli, per arricchire d'arte e meraviglia la parete corta dell'ingresso della Sala degli Ambasciatori. Prima di partire per barricarsi nel quartiere vaticano, il Mastai aveva celebrato una mesta cerimonia di maledizione contro i futuri inquilini del palazzo. L'anatema era diretto soprattutto ai Savoia, che il papa considerava una genia senza criterio né anima né valore.

Fiero nel suo contegno bellicoso, pur se evirato, Pio IX aveva, qualche mese prima della resa definitiva, imposto che il Concilio Vaticano I consacrasse il dogma dell'infallibilità pontificia per dichiarare l'unica e assoluta supremazia del pastore universale della Chiesa.

A Edgardo fu suggerito di non uscire dal convento, perché si diceva che il padre fosse approdato in città con l'intenzione di riportarlo a casa.

9

Che è quando Roma è libera ed Edgardo sempre più schiavo

« È la-fi-ne-del-mon-do! » biascicava affannato, calciando sotto le coperte. Si mordeva le labbra, strozzava una bestemmia, stringeva i pugni per colpire un'ombra, poi un'altra e un'altra ancora. « I barbari, i barbari... Sono arrivati i barbari... vogliono impiccare tutti, me per primo. »

« Non ti pare di esagerare? » La voce dall'alto non ottenne altro che fargli crescere la collera.

« Esagerare? Io esagerare? Ioooo? Come osi?! Ma lo sai chi sono? IO SONO IL PAPA! »

« E io Colui Che È. »

Dapprincipio don Anselmo Raggi gli sfiorò la spalla. « Santità... Vostra Santità... Vostra... » Non notando alcuna reazione, si permise di scuoterla con maggiore decisione.

Mastai sembrò placarsi e prima di aprire gli occhi rimase a contemplare i residui dell'incubo appena avuto. Quindi socchiuse le palpebre, tastò le gote pendule, pizzicò un labbro. Vivo, era vivo. Asciugò la bava strofinando la bocca sull'avambraccio. La gola ardeva, la gamba che da tempo lo torturava pareva inerte.

La notte appena conclusa era stata tra le più infami a sua memoria. Con una mano cercò lo zucchetto, ma trovò solo la corona disordinata dei capelli. L'espressione del maggiore degli aiutanti di camera gli parve di una trepidazione comica. Soddisfatto nel constatare che quel che aveva vissuto era solo un brutto sogno, non restava che attendere che si spegnesse del tutto fino a farsi dimenticare.

« Una brocca d'acqua », ordinò.

Compiendo uno sforzo eroico, si sollevò per mettersi seduto. Felice di constatare d'essere vivo, al sicuro e di robusto appetito, ordinò al Raggi – tornato con una brocca d'acqua e un bicchiere pericolanti sul vassoio – che gli servissero la colazione. Pio IX sistemò i cuscini dietro la schiena, frugò tra le lenzuola per recuperare la papalina e cominciò a recitare le orazioni mattutine. Sapere che i Mortara erano in città gli aveva guastato il sonno.

*

David Levi era riuscito a strappare l'autorizzazione per un colloquio per il 30 settembre. Grazie all'opera del cugino, i Mortara avrebbero finalmente rivisto Edgardo dopo un decennio di separazione senza dover ricorrere a suppliche umilianti.

Partito da Firenze, dove dall'estate del '58 s'era trasferito con moglie e figli, Momolo era giunto a Roma ma senza Marianna. La donna s'era arresa alla stanchezza ma ancor più alla disillusione. Non aveva più voglia di combattere perché aveva capito che non c'era nulla per cui combattere. Tanto valeva piegarsi a quel che consegnava la vita. Fu Riccardo, il maggiore dei figli, a prendere il suo posto.

Approdato alla Locanda Vittoria, Momolo sentiva crescere l'impazienza in un misto di speranza e sfiducia. Dalla finestra della sua camera poteva distinguere la rete delle strade strette e confuse che accerchiavano Porta Metronia.

Appena aveva scoperto che i due viaggiatori erano di religione ebraica, il padrone della locanda aveva voluto felicitarsi rumorosamente.

« Cosa c'è da rallegrarsi? » aveva reagito Riccardo sospettoso.

« Davvero non lo sapete? Si dice che grazie a uno dei vostri Roma è libera. » Enfatizzando i fatti senza tradirli, il locandiere aveva evocato la cronaca dell'assedio delle truppe piemontesi e la minaccia di Pio IX di scomunicare chiunque avesse dato ordine di aprire il fuoco sulla città santa. « Fu per ciò che Cadorna volle che a farlo fosse un israelita, che non avrebbe avuto nulla da perdere dalla maledizione papale. »

Momolo annunciò che al convento di Edgardo ci sarebbe andato da solo.

« Come sarebbe a dire da solo? »

Riccardo disse di non essere venuto a Roma per rimanere confinato in una locanda. Il sentimento che lo legava al padre era senza ombre, accresciuto da una venerazione che non aveva pari. Di lui invidiava la pazienza, la tenacia e l'abnegazione e in lui ammirava la generosità con la quale si faceva carico dei pesi e dei tormenti della famiglia, la forza che lo portava a decidere se non per il giusto, di sicuro per il ragionevole. Riconosceva in lui la capacità di pesare le parole e i gesti e di offrire conforti non generici. Sapeva essere sincero senza essere brutale, deciso ma mai prepotente. Era l'uomo che lui, Riccardo, non sarebbe mai riuscito a diventare, condannato a una collera perenne. Eppure proprio in quella dissomiglianza il figlio traeva dal padre l'ossigeno necessario.

Ora però non riusciva a rassegnarsi, e lo dichiarò apertamente: « Sei tu che hai insistito perché ti accompagnassi. Adesso che finalmente posso incontrare mio fratello senza tonache di mezzo, chiedi che mi faccia da parte? »

Momolo fu leale come era la sua natura. « Ho sempre riconosciuto il valore del tuo sostegno, ma ora è necessario che ci muoviamo con cautela. Ogni gesto sventato potrebbe sciupare anni di speranze. So bene quanto ti pesi l'ingiustizia che ancora patiamo. Ti vedo, figlio mio, e provo una grande pena per te. So di chiederti molto, eppure lascia che sia prima io ad affrontare Edgardo. Dovessi fallire, avrai campo libero. »

La mattina seguente Momolo si incamminò in direzione del rione Monti. Attraversò i rumori, scavalcò le rovine, lambì il popolo indifferente. L'effervescenza fanatica dei primi giorni dopo l'arrivo dell'esercito savoiardo s'era convertita in un veloce e prevedibile adattamento ai nuovi poteri. Come non ci fosse mai stata una bufera. Scomparse le fazioni, le difese a oltranza, gli atti di fedeltà. Dimenticate le maledizioni contro colui che fino a poco prima veniva definito un barbaro, un truce invasore. Messe a tacere le contumelie e i lazzi che avevano avuto come bersaglio gli impennati sovrani di un'Italia che si voleva finalmente unita e rigenerata ma che si nutriva dell'antichissima abitudine all'acquiescenza, al vassallaggio, al mimetismo. Per le strade i soldati piemontesi sfioravano gruppi di monache agitate, bande di volontari scesi dal Nord familiarizzavano nelle osterie con vecchi magistrati che ora protestavano contro il potere prima servito con convinzione.

Momolo guardava quel mondo sciagurato con occhio distratto dall'apprensione che cresceva man mano che si avvicinava al convento dei Canonici lateranensi.

Si era giurato che quella sarebbe stata l'ultima porta a cui avrebbe bussato. Il tocco fu breve ed esatto. Apparve un ometto glabro, le labbra tirate all'ingiù, che squadrò il nuovo arrivato senza chiedergli il nome. Alle sue spalle ne spuntò un altro, più affilato, che fece segno di seguirlo.

Il mobilio del locale dove fu condotto consisteva in un unico tavolo circondato da qualche sedia scompagnata. Su una parete stavano piccole teche dai vetri grigi di polvere attraverso i quali si intravvedevano volumi accatastati alla rinfusa. Su un altro lato pendeva una gigantesca croce di ferro. Vuota. Era forse quella mancanza di un corpo a emanare una premonizione se non proprio una minaccia. L'aridità di quell'ambiente contrastava il sentore di umidità dolciastra che vagava come una nuvola.

Il suo accompagnatore scostò rumorosamente una sedia invitando Momolo a prendere posto. « Edgardo sarà qui a momenti. »

Nel sentire il nome del figlio, Momolo ebbe un colpo al cuore. Cominciò a tormentare il cappello tra le mani. Lo spolverò, ne ripiegò le falde, le raddrizzò. Lo rimise sul capo. Lo tolse di nuovo. Udì dei passi. Alzò gli occhi. Lo riconobbe.

Esitò prima di andargli incontro. Sembrava che Edgardo tremasse. Momolo retrocesse urtando contro il tavolo. Quel leggero cozzo lo svegliò: davanti a lui non c'era più un bambino costernato, ma un diciannovenne dalle iridi nere e splendenti e lungo le mascelle un'ombra di peluria. Si abbracciarono sfiorandosi appena.

« Figlio mio, mi si spezza il cuore per la gioia e l'angoscia », esordì Momolo.

Edgardo restò muto per qualche istante, chiese

aiuto a Dio e finalmente ritrovò la voce: « Non c'è nulla di cui tu debba dolerti né angosciarti ».

Quante volte aveva ricordato il volto del padre, e le spalle curve, la goffaggine mite, il sorriso sommesso. In quegli anni di lontananza aveva spesso sentito risuonare quella risata rauca e timida. Con il passare del tempo la realtà doveva essersi deformata nella fabbrica della memoria; eppure, ora gli era facile riconoscerlo, e amarlo di nuovo e subito, e sentire quanto gli fosse mancato, e disperarsi per quanto gli sarebbe mancato ancora e presto. Momolo lo tempestò di domande a cui spesso Edgardo rispondeva con altrettante, affamate, impazienti, preoccupate. Chiese poi di Riccardo che si diceva fosse venuto con lui a Roma. Perché non era lì? Il padre scosse la testa, imbarazzato. Del maggiore non disse nulla e invece parlò a lungo degli altri, i fratelli e le sorelle che erano rimasti a casa, e della madre che ormai viveva in uno stato di ansia costante.

« Davvero si ricordano di me? » domandò sorpreso Edgardo.

« Certo che sì », rispose Momolo sorridendo. « Certo che ricordano e non smettono di chiedere e non vedono l'ora di poterti riabbracciare. »

Momolo raccontò di quanto le condizioni della

famiglia fossero cambiate da quando s'erano trasferiti a Firenze, dopo essersi lasciati alle spalle Bologna. « Ti aspettiamo nella nostra nuova casa e la mamma impazzirà di gioia nel vederti. Chiameremo i nonni e gli zii e gli amici perché tutti chiedono sempre di te. »

L'annuncio arrivò come uno sparo ben mirato e come uno sparo lo colpì in pieno: « Io non torno », disse Edgardo. « Non posso tornare. »

Momolo aggrottò la fronte, socchiuse gli occhi e sulle labbra gli spuntò un sorriso stupito.

« Che vuoi dire, figlio mio? »

« Voglio dire che ho deciso di votarmi al sacerdozio. »

« Non puoi dire sul serio », ribatté incredulo il padre.

« Devi credermi perché ho a lungo riflettuto e ora so per certo che questa è la mia sorte. » Edgardo era ora pallido dallo spavento per le sue stesse parole. Ma insieme sentiva una gran voglia di scoppiare in lacrime per il sollievo che sentiva. Confessare quella decisione lo aveva infatti liberato da una pena incontenibile. Sapeva quanto fosse crudele ciò che diceva ma anche di non avere scelta. D'ora in poi non avrebbe più potuto dedicarsi all'infelicità di chi amava, e forse nemmeno più alla propria. Senza osare guardare suo padre aggiunse sottovoce: « È la mia sorte. Non mi resta che accettarla ».

« Chi ha deciso la tua sorte? » domandò Momolo come risvegliato. « Una stracciona senza morale? Un uomo che ordinò ai suoi ceffi di strappare una creatura alla famiglia? »

Edgardo sapeva che se avesse tentato di protestare, anche solo spiegare, tutto sarebbe precipitato più velocemente e più a fondo.

« Non puoi fare questo a tua madre che ha vissuto solo per riaverti. Non puoi far questo a noi. No, Edgardo, non ce lo meritiamo. » Supplicò dolcemente, tornò a protestare, a dar di matto. « Dimentichiamo questi anni di torture, figlio mio, cancelliamo l'inferno e riprendiamo a essere ciò che eravamo. Non ti chiediamo di lasciare la tua nuova fede, ma di tornare nel posto che è sempre stato tuo. »

« Un posto? Un posto mio? » rispose Edgardo. « Non c'è mai stato un posto mio, questo l'ho capito presto. Ora dovete capirlo tutti voi. »

Momolo continuava a scuotere il capo inebetito, alzando ogni tanto gli occhi sul figlio.

Non era possibile cancellare quel che era stato, né dimenticare, continuò Edgardo. Nemmeno a Dio è permesso di cambiare il passato. « E poi », concluse, « è scritto anche nel Vecchio Testamento. »

Momolo trasecolò. Disse di non ricordare che la Torah autorizzasse che un figlio fosse rapito alla famiglia, obbligato a venerare un altro Dio, a rinnegare il proprio.

« Fu il Signore Iddio », citò Edgardo solenne, « che volle che Abramo lasciasse il suo paese e la casa del padre. »

« 'Per andare nel paese che ti indicherò' », corresse Momolo. « 'Per andare nel paese che ti indicherò e farò di te una grande nazione, ti benedirò, renderò grande il tuo nome e tu sarai una benedizione'. » Sapeva poco di religione, Momolo, ma quel poco lo ricordava bene. « Quando ti rapirono non eri che una creatura ignara e non certo il padre Abramo guidato dalla mano di Dio. Sei nato ebreo, Edgardo, e sempre lo sarai, ti piaccia o no. E sei mio figlio, ti piaccia o no. Tale sei e tale sarai. Sempre, anche per loro. »

Quando le ultime parole smisero di vibrare entrambi seppero che non restava più nulla da aggiungere. Che tutto era stato fatto a pezzi e dissolto. Prima del congedo, Edgardo volle consegnare al padre qualche piccolo dono: un calamaio di bronzo destinato a lui, uno scialle per Marianna, due fazzoletti ricamati per le gemelle, un astuccio per Riccardo, una minuscola cornice d'osso per Augusto, un soldatino di latta per Arnoldo, una trottola per Ercole e, per la piccola Imelde, una cuffietta di cotone.

Prima degli acquisti aveva chiesto l'autorizzazione di Pio IX, che la diede accompagnandola con una profezia inacidita: « Fa' come credi, ma non illuderti che te ne siano grati ».

La notte passò insonne. La mattina si presentò Riccardo.

« Ti ricordi di me? » esordì, senza convenevoli né grazia, il maggiore dei suoi fratelli.

« Come non potrei? » rispose Edgardo.

« Si dice che ti voglia far prete. »

L'altro annuì.

« Non hai altro da dire? »

« Che vuoi che dica? »

Nell'aria ribolliva ferocia. E sangue nero. E odio.

« Allora spiega anche a me, come hai fatto con nostro padre », disse Riccardo.

« Ho solo detto della mia scelta. »

« Ripetilo, perché stento a crederlo. »

Edgardo sentì venirgli meno la voce. « Sai già tutto e sei qui solo per colpirmi con un rancore che non merito. » Cercò negli occhi del fratello una traccia del bene che doveva pur esserci tra loro.

Fu inutile. Lo implorò: « Perché mi tratti in questo modo? »

« E tu, invece, com'è che tratti noi? » ribatté Riccardo, sopraffatto dalla collera. « Forse non ti hanno detto o non ti immagini ciò che abbiamo patito? Hai una vaga idea di quanto ci sia costato e di quanto ci costi tutto ciò? Delle condizioni in cui sono ridotti i nostri genitori? No che non hai idea, caro fratello. »

Se prima di varcare la soglia del convento era in balia di compassione e rammarico, tenerezza e disdegno, nostalgia e gelo, ora a dominare ogni parola era rimasto solo un livore caldo. « A vederti si direbbe che tu sia forte e sano. Del resto, deve essere un bel vantaggio farsi prete. Nessuna fatica o grattacapo. Nessuno a cui badare mentre dormi al sicuro e ti sazi. Senza contare che, essendo un rinnegato, godi della loro ammirazione e dei loro tanti favori. »

« So che non pensi ciò che stai dicendo », lo interruppe Edgardo. « Non ho mai dubitato del dolore che ci ha tutti massacrati e sembra che tu abbia dimenticato la porzione che mi è stata assegnata e che, credimi, non è stata certo minore della vostra. Sono cresciuto esiliato da quegli affetti che hanno nutrito ognuno di voi. Come puoi pensare che ne sia stato compensato, come puoi credere che il mio sia un privilegio? E che io ne approfitti per avere vantaggi e non invece altre e più insopportabili sofferenze? Davvero credi che mi basti essere nelle grazie di un sovrano? Non mi conosci e probabilmente non mi conoscerai mai, perché sei venuto già armato della tua condanna.»

Riccardo prese la mira. Era forse quella l'ultima occasione per liberarsi dell'oppressione che lo aveva fin lì inseguito. «Ascoltami bene, Edgardo, perché voglio dirti ciò che non sentirai mai più da me.»

Edgardo sapeva di non poter scansare il colpo. Non si mosse.

«Io penso che tu sia un vigliacco.» Riccardo si fermò appena perché il verdetto fosse ben illuminato. «Hanno portato via un innocente e ne hanno fatto uno di loro. Perché questo sei ora, Edgardo. Con addosso una veste ridicola servirai solo per essere esibito nelle loro fiere.» Cercò parole più esatte, più spietate. «Stai tradendo non solo tuo padre, tua madre e noi. Quel che è peggio è che tradisci Iddio che non perdonerà mai ciò che ti hanno fatto, ciò che tu fai a Lui e ciò che fai a tutti noi. E perfino a te stesso.»

Il tempo degli orologi parve fermarsi.

«Spiegami allora perché è successo.» La domanda di Edgardo era sincera.

«Speri che io dica che è stato per un misterioso disegno dei cieli? Non ci contare: sai bene che è la più lurida delle menzogne. Quel che è successo è stato il risultato del calcolo di un infame che ha sempre dato la caccia al nostro popolo. Del resto, altri dei nostri hanno già fatto quello che adesso fai. Altri lo faranno ancora fin quando capiranno che si tratta solo di un imbroglio.»

Roma, ottobre 1870

Le conversazioni con suo padre e suo fratello avevano lasciato Edgardo prostrato. L'ira e i lampi di disprezzo che aveva letto sui loro volti lo avevano annichilito. Pur sapendo che non avrebbero accolto benevoli la sua decisione di votarsi alla vita sacerdotale, non immaginava che fossero portatori di tanta collera nei suoi confronti. Nel mondo ecclesiastico l'arrivo dei piemontesi e la presa della città che era stata per secoli governata dall'autorità papale era stato un uragano che aveva mandato all'aria ogni certezza e scatenato inquietudini e sospetti. Non erano pochi coloro che vaticinavano nuove e inenarrabili violenze contro i rappresentanti della fede. Quando al termine di una messa di riparazione per quello che chiamavano lo stupro savoiardo, un prelato gli rivelò quel che si diceva in giro, e cioè che la sua famiglia era decisa a riportarlo a casa con o senza il suo consenso, Edgardo si convinse di essere in grave pericolo, tanto che decise di andare di persona al palazzo del Quirinale, ora sede dello stato maggiore del generale Alfonso La Marmora, luogotenente del re a Roma.

Volto triangolare, baffi affilati e barbetta ben curata, La Marmora, colto e deciso, incarnava la quintessenza del nobiluomo piemontese. Messo al corrente della vicenda del piccolo ebreo portato via dalle guardie del papa dodici anni prima, in un misto di curiosità e imbarazzo, aveva acconsentito a riceverlo. Edgardo dichiarò subito che temeva per la propria esistenza, sicuro di essere in pericolo. Quale pericolo? E da parte di chi? domandò perplesso il generale. I suoi famigliari, argomentò il giovane diacono, stavano ordendo un piano per rapirlo favoriti dalle forze dell'ordine.

La Marmora si sentì a disagio di fronte a quelli che parevano vaneggiamenti. « Cosa vorreste che facessi? » chiese comprensivo.

« Dovete proteggermi e impedire che i vostri uomini mi consegnino a mio padre e a mio fratello », rispose Edgardo.

« Escludo che uno solo dei soldati del regno possa prestarsi a un'azione del genere. Se poi qualche sciagurato dovesse tentare un colpo di mano e forzare la vostra volontà, sappiate che sareste difeso dall'ordinamento che ora comanda in questi territori. » Fissò Edgardo smagrito, pallido, stremato dall'insonnia e ne provò una gran pena. « Quanti anni avete? »

« Ne ho compiuti diciannove alla fine di agosto. »

« Dunque siete un uomo libero di scegliere del vostro futuro. »

« La famiglia, però... »

« So del clamore che suscitò il vostro caso, ma dubito che corriate il rischio di essere rapito una seconda volta. »

« Non fui rapito », replicò risentito Edgardo che ora sembrava tornato in sé stesso, « ma salvato. »

« Vi posso garantire che il governo di Sua Maestà è impegnato a difendere i diritti di ogni cittadino e dunque anche i vostri. Ora però, e non me ne vogliate, gli impegni mi chiamano », e accennando un saluto militare La Marmora lo congedò.

Per nulla rassicurato dal risultato di quell'incontro, Edgardo chiese di parlare con il Mastai. « Vostra

Santità, ho pensieri che mi tormentano», dichiarò impetuoso.

Il papa lo guardò scettico, come era solito fare davanti a fenomeni che intuiva essere generati da un eccesso di nervi. Sapeva bene quanto il giovane fosse propenso alle forzature teatrali e come si esasperasse per delle inezie, come fosse tagliato a vedere ovunque congiure e pericoli. Era ora necessario trovare la maniera giusta di sedarlo per evitare che commettesse qualche imprudenza. «Di' pure che cosa ti tormenta e per quel che sarà in nostro potere ti aiuteremo.»

Edgardo alluse a minacce velate, agguati, trappole. Raccontò che s'erano affacciati il padre e il fratello, che era certo stessero approntando un sistema per... la maniera di... in combutta con... forti di... Non diceva, non spiegava e non riusciva a concludere. Gli tremava la voce, si mordeva le labbra, si torturava le mani. Di colpo trasecolava per poi arrossire di nuovo finché spossato taceva per qualche minuto prima di riprendere a sproloquiare.

«So per certo che hanno un disegno per strapparmi alla Chiesa.»

«Dicci dei nomi», ordinò il pontefice, impaziente.

«È che la mia famiglia non si rassegna.»

« Possono dire e fare quel che vogliono. Ciò che conta è che tu sia in salvo. »

Edgardo però non si dava pace.

« Sai bene quanto a lungo siamo stati assediati e quali e quante ferite abbiamo dovuto sopportare », continuò il Mastai, « ma hai anche potuto constatare – e con te il mondo intero – che non ci siamo mai arresi. I nemici credono di avere avuto la meglio, ma la Chiesa di Cristo non può essere sconfitta. » Pio IX si carezzò il mento e con un gesto solenne ripose il volume che stava leggendo. Abbassò le palpebre ed eresse il busto come per pronunciare una riflessione a lungo covata: « Questa è la ricompensa che spetta a noi che decidemmo di abbattere le porte che per secoli li avevano tenuti chiusi nel loro ghetto. Ingrati e sleali come hanno dimostrato d'essere, meritavano d'essere lasciati dov'erano. Del resto non c'è da stupirsi di tanta irriconoscenza da parte di chi ha assassinato il figlio di Dio ».

Edgardo trasecolò.

« Tu devi avere fiducia in noi, figliolo caro. Troveremo per te un riparo lontano da questa perfida città. » Sorrise compiaciuto. « Già avevamo in mente di sistemarti nelle terre più sicure dell'Impero d'Austria. » Tacque per accertarsi che la notizia fosse stata ben compresa. « Ciò che devi temere più della tua famiglia di giudei è il demonio che proverà di tutto per fare di te un traditore. Dio non voglia che vinca, perché allora, mio caro, sappi che non ci sarà più il papa a proteggerti e te la dovrai vedere con l'ira divina più che con quella degli uomini.»

Edgardo fu per soffocare. Aveva forse mai dato motivo di sospettare della sua devozione? Gli risuonò il vaticinio del padre: era ebreo e lo sarebbe stato per sempre. Eppure, lui sapeva d'essere cristiano più di tanti che vi erano nati. Nessuno poteva dubitarne. Nessuno. Nemmeno lui stesso.

Il 22 ottobre 1870, nascosto sotto abiti borghesi, Edgardo partì per il Tirolo imperiale.

Alle sei della mattina, insieme con un confratello, don Vittorio, salì sulla carrozza di terza classe di un treno per Senigallia. La prima sosta fu Foligno dove avrebbero pernottato per ripartire il giorno dopo. Nella città della Madonna del Pianto trovarono alloggio in una locanda popolare e la cena fu consumata in mezzo a tavoli gremiti di soldati ubriachi. Una comitiva inneggiava a Garibaldi, lodava Vittorio Emanuele, se la prendeva con le monache. Edgardo e don Vittorio, travestiti da modesti studenti, avevano trovato posto a un piccolo tavolo accanto all'ingresso da cui entravano folate di aria gelida ogni volta che giungeva un nuovo avventore. Ci fu chi accennò a *Giuriam d'Italia* – « Giuriam d'Italia por fine ai danni, cacciando oltr'Alpe i suoi tiranni. Pria che ritrarci, pria ch'esser vinti, cader fra l'armi giuriamo estinti » – con l'aiuto di alcuni audaci che imitavano sguaiatamente il suono delle trombe.

In mezzo a tanta confusione Edgardo udì citare il suo nome. Si sentì venir meno. Uno raccontava che Mortara, il giovane ebreo fatto cristiano dal papa, era scomparso dalla città liberata e che lo nascondevano chissà dove. Partì una bestemmia seguita da una sequela di insulti. Don Vittorio vide il compagno tremare. Lo convinse ad alzarsi e nonostante non avessero ancora finito il pasto lo portò nella sua stanza.

« Non c'è nulla da temere », lo rassicurò. « Nessuno può riconoscervi, non siate sciocco. »

Parole. Edgardo era ormai precipitato in uno stato di oppressione da cui non si sarebbe ripreso nemmeno dopo il passaggio delle dogane. Finalmente approdato al convento di Neustift non volle sentir parlare di cibo per giorni, delirando e rifiutando le esortazioni dei religiosi e i trattamenti dei medici. Quando finalmente capì di essere in grado di riprendere le abitudini quotidiane, decise che quel posto non faceva per lui. All'arrivo dell'autunno protestò contro le piogge e d'inverno disse di non tollerare quel gelo polare. Solo in primavera recuperò un poco di umore ma con i caldi estivi Edgardo tornò a protestare e i confratelli che lo avevano accolto con benevolenza cominciarono a non poterne più di tante fisime.

Le notizie che gli arrivavano da Firenze tramite le lettere del fratello Ercole non fecero che peggiorare le cose. Raccontavano del padre ormai costretto a letto da malanni inguaribili, della tristezza che angustiava la madre, della diaspora di fratelli e sorelle in cerca altrove di un poco di quella pace che la famiglia aveva ormai e per sempre perduto. Le cronache di Ercole terminavano con la medesima formula: lo ricordavano tutti, tutti inviavano segni di affetto, pativano la sua lontananza e gli auguravano ogni benedizione. L'unica vera consolazione di quelle interminabili giornate tirolesi fu la lettura di Agostino che gli parve parlasse proprio a lui, invitandolo a non temere il dubbio, strumento essenziale per giungere alla verità.

10

Che è quando la sorte e gli uomini si accaniscono su Momolo

Firenze, aprile 1871

Il medicinale restava nel bicchiere. Dopo qualche sorso Momolo lo abbandonava, lasciando che sulla superficie liquida si formasse una patina opaca. La diagnosi parlava di tubercolosi delle ossa nota come tumor bianco, e l'unico rimedio pareva non potesse esser altro che quella inutile infusione di foglie di noce. Di tanto in tanto Marianna controllava il bicchiere finché si arrendeva e portava via quel che restava.

« Mando la Rosa a prendere l'Imelde », informò il marito.

« Esci un poco anche tu, fai una passeggiata... » Dalla fossa del letto Momolo provò a sollecitare la moglie, ma quella non era disposta a lasciarlo solo.

In casa vivevano due dei figli, Ercole e Imelde, avendo trovato tutti gli altri, chi meglio chi peggio, la propria strada. Riccardo – una spina nel cuore dei suoi genitori per via del caratteraccio che non ne voleva sapere di addolcirsi – s'era accasato, e così anche l'Ernesta e l'Erminia, trasferite l'una a Modena e l'altra a Bologna mentre il ventenne Arnoldo era andato a studiare a Milano.

Da poco meno di un mese i coniugi Mortara avevano ingaggiato Rosa, una nuova domestica, energica ma sordastra. Bisognava chiamarla più e più volte e perfino urlare per farsi sentire. Quel giorno la ragazza era in cucina, intenta a pulire le interiora di un bel sarago. La capigliatura rossa, il volto florido e le braccia toste raccontavano di una gioventù trascorsa senza che lei se ne fosse data pena. Non smetteva di cantare, di imitare qualche ballo sgraziato e ridere per un niente.

« Vai, spicciati, corri a prendere l'Imelde », le ordinò la padrona.

Rosa la guardò con il coltellaccio ancora a mezz'aria.

« Oh, benedetta ragazza, mi hai capito o no? » insistette Marianna. Quella, come risvegliata, asciugò le mani nel grembiule, si aggiustò i capelli e volò giù per le scale saltando i gradini come una bambina in festa. Una volta per strada girò a Porta Rossa e davanti alla cancellata della scuola riconobbe l'Imelde che stava ad attenderla compunta sotto una mantellina azzurra e un cappelletto giallo che le copriva le ciocche biondissime.

« Come mai non è venuta la mamma? » chiese sorpresa la ragazzina.

« È che non vuole lasciare il babbo solo in casa », disse la Rosa accompagnando la giustificazione con un sospirone.

Durante il tragitto un omaccio claudicante e con la barba incolta sbucò all'improvviso dalla Galleria dell'Accademia. Come lo vide Rosa fece un balzo ma il Guercio, allo stato civile Vittorio Bonci, fu più veloce e quando le fu addosso prese a colpirla di schiaffi e pugni: « Ti ho trovata, ladra! Rendi quello che hai preso o ti si manda in galera! »

La ragazza tentò come poté di sottrarsi a quella pioggia di colpi. L'Imelde, poco distante, assisteva impietrita alla scena. La Rosa riuscì non si sa come a svincolarsi tanto da far ruzzolare il Bonci. Approfittando del vantaggio, afferrò la mano all'Imelde e la trascinò via correndo a perdifiato. Una volta lontane, strofinando le gote livide e con il fiato corto, incominciò a pigolare: « Non credere a una sola parola di quel che ha detto quel bischero ».

« Ha... ha detto... che sei... che sei una ladra », ripeté la ragazzina.

« Ma quale ladra! Nella bottega del Bartolozzi erano lui e il padrone a starmi addosso. Tu che sei innocente non sai cosa tocca patire a noi povere ragazze! »

Nel vederle arrivare trafelate e tutte sudate, Marianna volle sapere cosa fosse successo.

« È che m'hanno inseguito e percossa e detto un mare di sconcezze », raccontò la serva tra un singhiozzo e l'altro.

Era la prima volta che Marianna la vedeva così sconvolta. Toccò all'Imelde raccontare con maggior chiarezza del brutto incontro con un tipaccio storpio e delle botte, e gli insulti, le accuse e la fuga. La Rosa s'era intanto seduta al tavolo della cucina, la testa tra le braccia a singhiozzare tanto che sembrava non volesse mai smettere.

« Chi è che piange? » Dalla camera da letto, Momolo non capiva cosa stesse succedendo.

« Non ti inquietare, è la Rosa che ha avuto un brutto incontro, ma è tutto a posto », tentò di rassicurarlo Marianna tornata nella camera dove giaceva il marito.

*

Una folata di vento, e subito un tonfo. Marianna drizzò la testa e l'udito. Si fermò un istante. Corse in cucina e trovò i vetri della porta del balcone spalancati. Dalla via salivano grida soffocate che man mano si rinforzavano. Si sporse alla ringhiera e riconobbe la macchia bianca e blu della veste della Rosa aperta sulle pietre. Si morse una mano per frenare un conato. Si voltò per distogliere lo sguardo e sul tavolo della cucina intravide, tra le tende svolazzanti, le interiora del pesce. Il senso di nausea soffocante rischiò di prendere il sopravvento.

Quando Marianna tornò nella camera dove stava allettato il marito, constatò che nel tentativo maldestro di alzarsi per scoprire cosa fosse successo, Momolo era caduto per terra e non era più riuscito a rialzarsi. Quando riuscì a issarlo di nuovo sul letto con l'aiuto della figlioletta, lui la interrogò con lo sguardo per sapere il motivo di tutto quel trambusto. Marianna allora gli si fece ancora più vicino e senza osare guardarlo negli occhi mormorò: « La Rosa si è gettata di sotto ».

A tredici anni dal rapimento di Edgardo, il ricordo di quel « fattaccio » – come veniva spesso evocato nei circoli liberali – non poteva dirsi del tutto cancellato. Non era raro che durante le celebrazioni religiose qualche ecclesiastico alludesse a sua volta al « miracolo » bolognese e ora, se mai ce ne fosse stato bisogno, confermato dalla dichiarata devozione del protagonista nei confronti del pontefice e della sua Chiesa. I gesuiti si erano intestati una tenace propaganda dell'operato papale, in cerca di un riscatto dopo le molte e definitive sconfitte militari e politiche. Dal canto suo la famiglia di Momolo aveva scelto di condurre un'esistenza lontana dalle sanguinose contese del passato, rassegnandosi a convivere con la catastrofe e con le conseguenze che aveva causato in ognuno di loro. Momolo si era ritirato in un mondo malinconico e svogliato, anche se i molti malanni continuavano a tormentarlo dopo averlo pressoché paralizzato. Il suicidio della domestica fu l'occasione che risvegliò gli appetiti di rivalsa dei circoli cattolici ancora molto influenti all'interno dell'amministrazione locale, al punto da farli intervenire presso le autorità giudiziarie insufflando il sospetto che l'uomo avesse cercato, sia pure dopo molti anni di distanza, di vendicarsi su quella povera figliola per l'umiliazione subita.

*

A sera si presentarono alla porta quattro gendarmi. Momolo venne arrestato con l'accusa di omicidio e trasferito nelle carceri cittadine dove rimase sei mesi.

In un primo momento Edgardo stentò a credere alla notizia. Nella lettera il fratello parlava del padre in prigione con un'imputazione irragionevole. Sarebbe partito per Firenze ma i superiori si opposero fermamente: non doveva immischiarsi in quella faccenda che ricordava troppo da vicino l'altra di cui era stato protagonista.

Firenze, ottobre 1871

La testimonianza di due donne inchiodava Momolo.

Le mani di Angela Gonelli tormentavano il crocefisso di ferro che le pendeva dal petto.

« Confermate che Tognazzi Rosa, prima di esalare l'ultimo respiro, fece il nome del Mortara Momolo? » disse il giudice Armenti iniziando l'interrogatorio.

« Confermo », farfugliò la donna.

« Potete ripetere con precisione ciò che udiste? » Nell'aula la voce del magistrato pareva quella di un profeta. L'idea che quell'uomo avesse ucciso la serva per vendicarsi di quell'altra gli pareva bizzarra, eppure non poteva ignorare le testimoni. « Vi abbiamo chiesto di ripetere cosa udiste la mattina del 3 aprile 1871. »

Le dita del giudice presero a tamburellare sulla ringhiera finché intervenne l'avvocato Guglielmo Puglisi. « Signor giudice, permettete sia io a condurre l'interrogatorio. »

Tra i più stimati giureconsulti di Firenze, Puglisi aveva accettato la difesa di Momolo con slancio. Massone e anticlericale, non dubitava dell'innocenza di quell'uomo, certo com'era che fossero stati i gesuiti a convincere le pie donne a fornire una versione tanto assurda. Momolo, come confermavano i medici, sarebbe stato incapace di fare un passo, figurarsi sollevare la donna e spingerla giù dal balcone. E poi per quale motivo? Per vendicarsi di quella che era stata la causa di tante sciagure nella sua famiglia? Una follia solo pensarlo. Il che non impediva a molti di farlo.

« Spiegate bene. Quel giorno passavate per Borgo Pinti, giusto? »

Angela Gonelli annuì.

« Siamo tutti ansiosi di udire dalla vostra voce cosa avvenne e soprattutto cosa vi fu detto. »

Madre di tre figli, moglie di un maestro di scuola e timorata di Dio, la Gonelli prese a recitare: « Era che quando sentii la donna che cadde io mi avvicinai... »

« Voi sentiste la donna che cadde e vi avvicinaste? » la interruppe l'avvocato Puglisi. « Mi chiedo come si faccia a riconoscere che a cadere è una donna e non un uomo. »

La timorata deglutì imbarazzata. « Volevo dire che, be', quando vidi il corpo della poveretta sulla strada... »

« Quindi non udiste un bel niente, ma vedeste il corpo già riverso sulle pietre », la corresse di nuovo l'avvocato.

« Insomma, lasciatela finire », si spazientì il giudice Armenti che non amava che la procedura venisse maltrattata.

« Dunque, mi pare che quando... quando fui vicina alla poveretta... quella mi disse... disse che... che era stato il padrone... »

« Vi parve che dicesse: 'È stato il mio padrone'? O vi parve che dicesse: 'È stato il signor Momolo'? O piuttosto aveste l'impressione che dicesse: 'È stato il signor Momolo Mortara'? Cosa vi parve? E cosa disse davvero? »

La donna si guardò attorno smarrita. « È che è passato tempo... e non ricordo più così bene. »

« Volete scherzare? State dicendo che non ricordate le parole precise di quella poveretta? Vi ha abbandonato la memoria proprio ora e su una faccenda che ha portato in prigione un uomo e ce l'ha tenuto per mezz'anno? Vi avverto che la falsa testimonianza, oltre a essere un peccato mortale, è punita con severità dalle leggi del Regno. Vi consiglio dunque di riprendere fiato, pensarci bene e riferire con esattezza ciò che avvenne. »

La donna balbettò che avessero pietà di lei, che la lasciassero andare.

« Andrete solo dopo che avrete detto e per bene tutta la verità. Dunque, voi diceste di aver udito Rosa Tognazzi accusare Mortara Momolo di averla gettata giù dal balcone. Ne siete ancora sicura? »

« Veramente certa non sono... e forse non so... » Si bagnò le labbra con quel poco di saliva che le restava. « Può darsi che ricordi male... »

La testimonianza della donna venne dichiarata nulla e fu la volta di Giovanna Ragazzini. Avendo compreso di essere rimasta ormai l'unica dell'accusa, la Ragazzini ritrattò in gran fretta. Forse, aggiunse, era stato lo spavento ad averla ingannata.

Il 18 ottobre 1871 Momolo Mortara fu rimesso in libertà. Dopo qualche mese, spezzò l'ultimo filo che lo aveva legato a una vita ingiusta.

11

Che è quando Edgardo diventa don Pio

Era consapevole di entrare in una zona rischiosa, ma forse proprio per l'insana e indomabile pulsione che lo portava a sfidare l'azzardo decise di applicarsi allo studio della lingua dei padri.

Passò un intero pomeriggio tra gli scaffali della biblioteca del monastero di Neustift senza riuscire però a trovare un testo che potesse tornargli utile. Fu invece durante una escursione alla Jesuitenkirche di Innsbruck che in una libreria cittadina gli capitò tra le mani la *Grammatik der hebräischen Sprache* pubblicata trent'anni prima. Chiese il prezzo, constatò che era fuori dalle sue capacità di acquisto, e riconsegnò il volume nello scaffale. Appena uscito fu raggiunto dal libraio, che più a gesti che a parole insistette perché tenesse con sé la grammatica.

Imbarazzato, Edgardo ribadì di non poterselo permettere. L'altro lo incalzò: « Non voglio venderveLo, voglio solo che sia vostro, perché sono certo che è nelle mani giuste ».

Edgardo ringraziò, prese il volume e lo infilò in una tasca della tonaca. Una volta seduto alla mensa della basilica di Wilten, sentì le coste del libro premere sul petto. Non gli ci volle molto ad ammettere che aveva voluto nascondere la grammatica per paura che potesse comprometterlo. Si diede dell'idiota e con un gesto ampio estrasse il libro, dichiarando il proposito di voler imparare la lingua del Cristo.

« Sbagliate », confutò padre Jacob Vogt che gli sedeva accanto. « Nostro Signore Gesù Cristo parlava l'aramaico, non l'ebraico. »

Edgardo insistette con la voce acuta che gli usciva quando era stizzito: certo, lo sapeva anche lui che il Cristo parlava l'aramaico, ma era altrettanto noto che praticasse anche l'ebraico, senza il quale, del resto, non avrebbe potuto affrontare i testi sacri.

« Credo che di nuovo stiate commettendo un errore », reiterò padre Vogt. « Prima dell'arrivo del Messia giravano traduzioni in aramaico e persino in greco. Dopo il ritorno da Babilonia, l'ebraico era caduto in disuso presso il popolo. »

« Presso il popolo, ma il Cristo non era popolo ma un uomo elevato », insistette Edgardo sperando di chiudere una disputa inconcludente.

« Non volevo irritarvi, caro fratello. Trovo anzi

lodevole il proposito di imparare una lingua a voi familiare», concluse l'altro.

Tutta la compagnia aveva seguito la contesa guardandosi bene dal parteciparvi, abituata alle bizze dell'italiano che non aveva fraternizzato con nessuno della comunità.

A fine anno Edgardo ne ebbe abbastanza e dichiarò a padre Karl Willeit di voler tornare a Roma per conferire urgentemente con il pontefice. L'abate non fece nulla per dissuaderlo, accolse anzi l'annuncio con sollievo chiedendogli di farsi messaggero della sua devozione presso il papa.

Il tragitto dal Tirolo a Roma fu lungo e scomodo. Passato il confine a bordo di una carrozza, Edgardo dovette fermarsi a Verona prima di trovare un convoglio che lo portasse a sud. Rallentamenti, disguidi, scarsità di vagoni gli costarono quattro giorni snervanti di viaggio. Aborriva i passeggeri e ancor di più quelli che cercavano un pretesto per far conversazione. Reagiva con modi bruschi che spesso sconfinavano nella villania.

Una volta a Roma, riconobbe nella città la solita sciatteria, una sconcezza connaturata, un popolo chiassoso, sempre più convinto che quella non sarebbe mai stata la sua meta finale. Appena arrivato in San Pietro in Vincoli volle essere confessato. Recitò una lista minuziosa di peccati trascurabili, ottenne l'assoluzione, dichiarò al confessore la determinazione di farsi sacerdote.

Nei giorni seguenti, don Orsi pretese di affrontare la questione in modo esplicito. « Quando hai cominciato ad accarezzare l'idea di consacrarti a Nostro Signore? Chi te l'ha suggerita? Attento a non mentire, Edgardo, perché si tratta di una faccenda seria. Sai cosa voglia dire dedicare la propria vita al ministero del sacerdozio? Ti è chiara la responsabilità che assumi e quella che ci consegni? »

Edgardo rispondeva senza esitare e senza ripensamenti.

Il dotto confessore non si accontentò. « Chi garantisce che tu non te ne abbia poi a pentire e vada in giro a raccontare che siamo stati noi a costringerti? Madre Chiesa non può correre il rischio di essere pugnalata dopo averti tratto in salvo. »

L'interrogatorio si protrasse per ore e poi per giorni con pignoleria e ostinazione. L'esaminatore volle sapere perché avesse sollevato tanta ostilità tra i confratelli tirolesi (« Sono barbari contadini, incapaci di ragionare e in grado a malapena di recitare una messa capendo quel che fanno »), gli rimproverò l'egoismo (« È ciò che vede in superficie chi non sa cogliere cosa avviene nel midollo »), lo accusò di malagrazia, spietatezza, persino violenza (« So che è una mia debolezza, ma non tollero gli stupidi e gli ipocriti »). Più Edgardo rispondeva senza lasciarsi intimidire, più l'altro s'accaniva: « Cosa cerchi davvero? Sarai mai sazio? La famiglia da cui vieni ci è nemica e non ha esitato a cercare aiuto tra massoni e miscredenti ». Edgardo apriva le braccia accompagnandosi con un'espressione di innocenza infantile come a dire: E io che ci posso fare?

Non contento di contestarne il comportamento esasperante, don Orsi volle affrontare anche alcune questioni teologiche. Le conoscenze del giovane erano però il risultato di studi meditati e la sua era un'adesione tutt'altro che ovvia.

« Sei perspicace, ma ciò non toglie che pecchi di superbia, vizio che contrasta con la missione che vorresti intraprendere. »

Edgardo fu quasi per dire che, se ciò fosse stato vero, pochi avrebbero avuto il diritto di indossare la tonaca.

« Chi ti fa pensare d'esserne meritevole? Come ci si può fidare di gente come te? »

Non lo avevano forse accolto e arruolato nell'esercito del Cristo con il battesimo e la cresima? Sapeva che l'abate avrebbe voluto che fosse lui stesso ad ammettere la propria indegnità o a manifestare un'incertezza, un dubbio, un'ambiguità. Non c'era modo.

« Con chi ne parlasti prima d'ora? »

« Con nessuno », rispose Edgardo sorpreso da quella domanda.

« Voglio la verità! »

Edgardo ricordò la conversazione avuta con il padre due anni prima.

« Ne hai quindi fatto parte ai tuoi senza essere autorizzato e per di più dando la cosa per fatta », commentò gelido. « Non oso pensare ciò che vanno dicendo per screditare il pontefice e nostra Madre Chiesa. »

« Mio padre non è più di questo mondo e dubito che la mia famiglia abbia voglia o interesse a parlare di tutto questo. Immagino che si vergognino di me, come del resto voi », disse placido.

Come colto in fallo, don Orsi si sentì in obbligo di giustificarsi: « È mio dovere saggiare le intenzioni autentiche distinguendole dalle ambizioni effimere ». Solo in conclusione di una delle ultime conversazioni chiese conto delle seduzioni della carne: « Hai mai coltivato pensieri indecenti nei confronti del sesso femminile? »

Edgardo avvampò. « Come avrei potuto... »

« Sai bene quanto il diavolo sia tentatore. »

« Con me non ne ebbe occasione », rispose risoluto Edgardo.

Cocciuto ma sincero, giudicò don Orsi, che però non mollava la presa: « Se è vero ciò che dici, significa che non sai a cosa devi rinunciare ».

« Non me ne faccio vanto, sostengo solo che tale è la mia natura. Io credo... »

« Di', avanti, spiegami cosa credi. »

« Io credo che la mia carne sia morta. »

Di fronte a quell'affermazione l'abate ammutolì. Sapeva bene quanto ognuno di loro fosse chiamato a impegnarsi in una lotta amara il cui esito era sempre incerto. Ricordava le mortificazioni del corpo, le notti insonni, il languire nei digiuni punitivi, le novene sterminate e le infruttuose punizioni. Possibile che Edgardo ne fosse stato risparmiato?

« Con gli altri giovani ti sei mai insudiciato? »

Edgardo arretrò e scosse la testa senza capire il senso di quella strana domanda.

Constatatane la determinazione, don Orsi decise che era venuto il momento di riferire al pontefice: « Ho ritenuto mio dovere scandagliare l'anima del giovane con il massimo scrupolo. Del resto, Santità, foste voi ad affidarlo alla mia responsabilità, e in questi anni ho fatto del mio meglio per adempiere alle vostre volontà. »

« Rimane il fatto che siamo i secondi a venirne a conoscenza », rispose indispettito Pio IX.

« Se è per questo, Edgardo ne aveva già fatto parola con la sua famiglia. »

Negli ultimi tempi nell'animo del pontefice a prevalere era l'umor nero. Liquidata ogni mondanità, archiviate le polemiche e zittiti i pettegoli di corte, in Giovanni Maria Battista Pietro Pellegrino Isidoro Mastai Ferretti a comandare erano la delusione e la stizza. Si chiedeva se la Storia lo avrebbe ricordato come colui che aveva stabilito il dogma della madre di Dio nata senza peccato originale o se sarebbe rimasto nella lista degradante dei monarchi spodestati. Se lo avrebbero celebrato per aver deciso l'infallibilità del papa in materia di fede, o invece per essere stato un testardo oppositore del Regno d'Italia. Questioni che lo tormentavano senza esimerlo dalle pratiche burocratiche, dalla presenza a funzioni in onore di sostenitori munifici, dalle inaugurazioni e dai restauri di fontane, monumenti, palazzi, ponti, ospedali, pensionati su cui lasciava scolpita la sua firma. La vecchiaia offendeva l'uomo e rendendolo più acido lo faceva più simile a sé stesso. Il corpo aggravato si muoveva a fatica, le notti erano funestate dall'ansia e i giorni da una inconsueta inappetenza. Era pentito di aver acconsentito a ricevere Edgardo, ma era troppo tardi per un ripensamento.

« Allora, figliolo, è vero che vuoi accedere al sacro sacramento del sacerdozio? » chiese con tono mondano. Edgardo non fece in tempo a dare una risposta che Pio IX cambiò voce e cominciò a rimproverarlo: « E noi, proprio noi abbiamo dovuto ricevere la notizia non da colui che avevamo salvato e protetto, ma da estranei ». Agitava le mani quasi pronto a usarle.

Edgardo sapeva che era suo dovere pazientare. Che l'uomo si sfogasse pure come un temporale. Prima o poi le nuvole si sarebbero diradate.

« Ne avessimo pochi di grattacapi e di crucci », piagnucolò Mastai. « Ora ti sei messo anche tu a pugnalarci. »

Era troppo anche per il dovuto rispetto. « Vostra Santità, potete accusarmi di esservi stato causa di grandi preoccupazioni, ma mai infedele. Se ne parlai con mio padre è perché volevo che la famiglia si togliesse l'illusione che rinnegassi la mia vera fede. Se in seguito mi rivolsi ai superiori fu per essere sicuro che i progetti che coltivavo non fossero impropri. »

Il pontefice fu sorpreso dall'ardore delle parole e

sorrise compiaciuto, ma non si arrese. « Chi vuoi ingannare, Edgardo? Il papa ti conosce bene, sai? Ti abbiamo visto crescere e sappiamo che non ti fai tanti riguardi. Hai un'ambizione tagliente e una cocciutaggine che non ha rivali. Quando ti conviene sei capace di piegarti come una canna, attendere nella penombra e, se occorre, renderti invisibile. Hai coltivato la dote dell'astuzia che è congenita a voi ebrei, ma ora non venire a raccontare che avevi bisogno di tempo per capire, che non eri sicuro di essere adatto al compito o sciocchezze del genere. L'umiltà è un abito che non ti si addice. » Concluse poi la reprimenda: « Avevi il dovere di mettere al corrente delle tue intenzioni noi prima di chiunque altro, noi che ci siamo esposti contro il mondo intero pur di non darti in pasto ai giudei e al mondo liberale ».

Edgardo non tradì alcuna emozione né mosse un muscolo.

Pio IX capì. Capì che quella creatura non era più né il bambino spaurito che aveva varcato il Quirinale, né il ragazzo tenebroso che aveva studiato con scrupolo per anni e anni ma un uomo che non aveva paura di nessuno se non di sé stesso.

*

Nell'anno di grazia 1873, Edgardo Mortara fu nominato diacono. Ciò, tuttavia, non bastò a saziarlo.

« Insiste perché si accelerino le procedure », riferì il cardinale Antonelli a cui il passare del tempo aveva corroso i sessantasette anni e fatto perdere molti dei suoi gusti, tra cui quello della supremazia. Dopo l'insediamento dei piemontesi la diplomazia gli pareva un gioco inutile, la corte romana un covo di congiurati, la vita sociale una messinscena banale. Negli ultimi tempi ripeteva spesso che era « meglio scomparire quali siamo piuttosto che campare come ci vogliono ».

« Come sarebbe a dire, accelerare? » chiese il Mastai.

« Il diaconato dura un paio d'anni ed Edgardo scalpita come un puledro che vuole lasciare le scuderie e scorrazzare nei campi della sua ambizione. »

Sapendo che ormai non c'era altra strada, Pio IX decise spazientito di assecondare la volontà ostinata del suo protetto. « Che diventi pure quel che vuole », dichiarò sotto lo sguardo soddisfatto del cardinale che per anni aveva predicato quanto quella vicenda fosse solo un incomodo se non addirittura un pericolo.

Don Pio Edgardo Mortara ricevette la consacrazione sacerdotale giovedì 23 ottobre 1873, una data che non fu scelta casualmente. Sei anni prima, in quello stesso giorno del calendario, i garibaldini avevano assaltato il casale di Villa Glori. Giuseppe Monti e Gaetano Tognetti avevano fatto saltare una caserma, provocando la morte di ventidue zuavi. I due erano stati poi catturati e subito ghigliottinati. Quale miglior modo ora per festeggiare l'anniversario e sbeffeggiare i nuovi potenti?

Fu anche predisposto che la prima predica di Edgardo avrebbe avuto luogo nella cattedrale di Poitiers: più restava lontano da Roma meglio era per tutti. Il nuovo don Pio Edgardo Mortara accolse la decisione di buon grado, consapevole che oltralpe la leggenda del piccolo ebreo salvato scaldava ancora gli animi dei fedeli e suscitava l'ammirazione delle gerarchie.

Alle cinque del pomeriggio del Venerdì Santo la cattedrale di San Pietro di Poitiers traboccava di un popolo aquitano fatto di vecchie dame, giovani trepidanti e notabili azzimati. Il sermone di don Pie Edgarde Mortara – il nome con cui era citato negli annunci che tappezzavano il quartiere sulle rive del Clain – aveva un titolo seducente: *La libertà nella Verità*.

Tra le mura della sagrestia, Edgardo combatteva contro una crescente apprensione a cui poco giovava la compagnia di don Augustin Lamarque, che, dopo essersi complimentato per la naturalezza con cui si esprimeva nella lingua francese, gli aveva chiesto notizie della famiglia d'origine. « Non ne so molto », fu la risposta secca che fece ritirare in buon ordine chi aveva formulato la domanda evidentemente imprudente.

Uno scampanio leggero e prolungato risuonò per annunciare l'inizio della cerimonia. Edgardo si alzò dalla sedia della sagrestia diretto al presbiterio. Fatti pochi passi si fermò di colpo. Provò a muovere un piede ma nulla. Ad alzare un braccio, e ancora nulla. A girarsi, ma niente ancora. Non c'era modo. Edgardo provò cosa volesse dire essere vivo e insieme morto, pensare, vedere e sentire senza riuscire a fiatare, a spostare il peso, a compiere un gesto qualunque. Una fissità insormontabile aveva preso il posto di qualsiasi decisione o intenzione o voglia. Le parti di cui era composto il suo corpo non rispondevano più, fisse in un'estraneità siderale a cui lui non aveva accesso. Don Lamarque che gli stava alle spalle a meno di un metro capì che il giovane confratello era precipitato in una dimensione a lui estranea e inaccessibile. Provò a svegliarlo:

« Don Edgardo, cosa avete? Don Edgardo, per l'amor di Dio... »

Edgardo distingueva il suono delle parole che però gli risultavano incomprensibili. Tentò di nuovo di girare il capo ma senza successo. Una mano di don Lamarque cominciò a scuotergli una spalla ma ancora nulla. Dal tempio filtrava fin nella sagrestia l'incessante vocio dell'attesa, finché il ronzio si trasformò in esplicito clamore quasi sul punto di diventare protesta per il ritardo esasperante. Don Lamarque si sentì perso, incapace di decidere se chiedere aiuto perché immaginava che, se si fosse risaputo, quell'incidente avrebbe dato occasione a nuove e potenti malignità, critiche e schermaglie. Il bambino ebreo convertito e deciso a farsi prete era caduto in una potente catalessi proprio alle soglie della sua prima uscita pubblica? Era dunque quello il risultato della presunta volontà divina? Quello il prodotto della risolutezza papale?

Mentre già prefigurava tragiche ripercussioni, constatò con meraviglia che Edgardo si era improvvisamente risvegliato da quell'ipnosi inspiegabile e sembrava tornato quello che era sempre stato.

Consapevole di aver vissuto un episodio inconsueto e allarmante, Edgardo volle rassicurare il confratello che ora pareva più provato di lui: « Non è nulla», cominciò a dire, soddisfatto che le parole avessero ripreso a fluire agilmente. «Non è nulla, credete».

Per un attimo temette di aver scordato il lungo sermone che da settimane aveva scritto e preparato con cura al limite della maniacalità. Quella preoccupazione gli attraversò gli occhi e don Lamarque si sentì in obbligo di incoraggiarlo: «Non temiate, caro fratello. Andrà tutto bene. Ora avviatevi che il vostro popolo vi attende impaziente».

L'espressione «il vostro popolo» colpì don Edgardo con la violenza di una verità a lungo agognata. Era quella la prima volta che qualcuno la utilizzava con lui senza fare riferimento al popolo da cui veniva ma anzi alludendo a quello di cui era diventato parte. Fu proprio questo a confortarlo e a restituirgli la fiducia necessaria per affrontare il pulpito.

La sua entrata fu accolta da un fitto bisbigliare e dopo aver scrutato compiaciuto la platea prese a recitare con voce vibrante le parole limpide e i concetti impeccabili del suo sermone di esordio nel sacerdozio. I convenuti di ogni classe e credenza – accanto al cattolico sedeva il protestante, vicino all'israelita il libero pensatore – seguivano rapiti. Dall'altare Edgardo poteva distinguerli l'uno dall'altro in base alla postura, all'espressione o all'abito. Aveva esordito con le parole di Paolo ai Corinzi: « Non sapete che nelle corse allo stadio tutti galoppano ma solo uno conquista il premio? Correte anche voi in modo da conquistarlo! Però ogni atleta è temperante in tutto; essi lo fanno per ottenere una corona corruttibile, noi una immarcescibile. Io corro, dunque, ma non come chi è senza meta; tiro pugni ma non come chi batte l'aria, anzi tratto duramente il corpo mio e lo traggo in schiavitù perché non succeda che, dopo avere predicato agli altri, venga io stesso escluso ». Spiegava a loro ma anche a sé stesso la ragione della sua presenza nel tempio del Signore. Per più di un'ora tutti ascoltarono con un'attenzione obbediente che aveva preso il posto della collettiva e futile curiosità.

Edgardo concluse il sermone con l'argomento più atteso e cioè l'episodio di cui era stato protagonista.

« Si è detto e si ripete che io parlo più per essere stato educato ai principi cattolici che per mia convinzione. Ebbene, voi mi siete testimoni che io parlo con tutta l'enfasi e l'energia di una mente profondamente consapevole, e di un cuore che ama l'umanità e la vorrebbe salva, felice e libera nella verità. Battezzato da una fantesca cattolica ancora bambino e gravemente malato quand'ero ancora nella mia famiglia israelita, fui educato nella religione dei miei genitori e ignoravo che la grazia di Dio mi aveva toccato e redento. Sei anni dopo il fatto fu reso noto e il Sommo Pontefice Pio IX, allora Principe anche di fatto, fedele ai dettami del diritto divino, credette suo dovere di farmi porgere, sotto la sua tutela, il nettare celeste della verità cattolica. Egli mi affidò prima al direttore dei Neofiti, poi ai Canonici Regolari Lateranensi, al cui ordine appartengo. Si fece un gran rumore attorno al mio nome e al mio battesimo e Pio IX patì grandi sofferenze eppure rimase saldo, come lo rimasi anch'io, nella grazia che mi assisteva. A tutte le tentazioni, alle carezze, alle lusinghe dei miei congiunti e degli estranei rispondevo: sono cristiano e tale morirò. Fin d'allora la grazia mi persuase della divinità della religione. Oggi ne sono convinto anche perché ho studiato la mia religione e le altre, e darei la vita per attestare che solo quella cattolica è la vera. Se non credete alla mia parola, credete al mio cuore che, palpitando di carità per voi, vi giura che solo la verità di Gesù Cristo vi renderà liberi. Liberi dai vostri errori e dalle passioni che io combatto, amando però ed abbracciando tutti i miei simili. Riconoscete questa santa, divina e immacolata Verità di Gesù Cristo, ed essa vi darà la pace quaggiù e la felicità nelle beate regioni del

Paradiso. *Et cognoscetis veritatem et veritas liberabit vos! Amen.* »

Si scatenò un lungo e appassionato applauso mentre Edgardo sperimentò uno dei pochi istanti di rara soddisfazione.

Tra la folla c'era un italiano venuto da Lione, città in cui risiedeva da tempo. Si trattava di Francesco Ottorini, il « pretino » che aveva consegnato Edgardo ai Canonici e rinunciato al sacerdozio, e che s'era spesso domandato cosa fosse diventato il bambino di un tempo.

12

Che è quando Edgardo inizia a predicare e a morire

Il *Lyonnais* aveva compresso la storia in un trafiletto. Don Pie Edgarde Mortara, già al centro di una vicenda che aveva turbato le coscienze e smosso le cancellerie di mezz'Europa, inaugurava la sua missione da predicatore nella cattedrale di Poitiers, in Aquitania. Vedendo il marito fissare il foglio di giornale come se avesse visto un fantasma, Delphine gli aveva chiesto cosa avesse trovato di tanto sconcertante. Fu così che per la prima volta Francesco le aveva raccontato di una sciagurata mattina e di un bambino consegnato nelle mani dei sacerdoti. Le aveva parlato anche dei suoi tanti rimorsi e dell'avvilimento e del lungo vagare e del perdersi. Per questo aveva rinunciato alla tonaca e per questo non era più riuscito a pregare.

Edgardo non riconobbe in lui il tutore che lo aveva consolato nel vuoto e nel buio. All'inizio lo scrutò come un equivoco o, peggio, un sospetto. Francesco moderò la commozione e provò a balbettare qualche frase di circostanza.

«Avanti, dite chi siete e cosa volete», concluse spazientito.

Appena Francesco si dichiarò un lampo illuminò la memoria intorbidita di Edgardo. E cosa era venuto a portare? Nostalgie o commiserazione? Né le une né l'altra, rispose con franchezza Francesco. «Sono partito appena ho saputo che avresti tenuto un sermone a Poitiers. Volevo sapere come stavi e dirti quanto mi fossi rimasto nel cuore.»

Edgardo mal tollerava i sentimenti e ancor meno le loro manifestazioni ritenendoli per lo più oziosi quando non irritanti. Meglio dunque tacerli.

Francesco gli raccontò di avere abbandonato l'Italia, sposato una donna francese, avviato una tipografia a Lione.

«Che ne fu della tua vocazione?»

«Non doveva essere sincera, visto che non faticai ad abbandonarla.»

«E quando fu che ne diventasti consapevole?»

Francesco non aveva macinato cinquecento chilometri per una messa in scena. Gli doveva la verità. E la verità fu detta, e insieme a essa il rimorso e l'amarezza di quella mattina. Nel giardino della residenza presso cui Edgardo era ospite, le chiazze di luce formavano una scacchiera di ombre. Era arrivato un vento gelato, ma nessuno dei due se ne dava pena.

« Non capisti dunque che ero lo strumento di un disegno più vasto », dichiarò Edgardo. « Io stesso ho dovuto combattere forze che rischiavano di annientare non solo la mia povera persona, quanto la Chiesa stessa. Il Santo Padre, però, non mi abbandonò mai, ma mi protesse e continua a farlo nonostante le pene che ho provocato. » Con lo sguardo cavo e fisso, don Pio Edgardo parlava come se non ci fosse nessuno: « D'ora in poi dedicherò tutto me stesso all'istruzione dei giovani che hanno bisogno di una guida per la verità ». Si avvicinò a Francesco e mormorò: « Quel che fa più male è l'odio che mi assedia ».

Francesco non mostrò di capire. « Di cosa parli? Ti ho sentito predicare dal pulpito e attorno ho avvertito con chiarezza l'ammirazione che ti circonda. Tutti erano assetati delle tue parole. Di quale odio parli? »

Edgardo si ritrasse, risentito. « Possibile che tu non veda quanti sono gelosi della mia redenzione? » Si accostò ancora al suo orecchio: « Non tollerano che sia il prediletto dal pontefice. Detestano... » Edgardo si interruppe. Aggrottò le sopracciglia. Lanciò uno sguardo truce, cambiò voce: « Tu che sei venuto a fare? A vedere che ne era dell'ebreuccio di un tempo? »

« Stai dicendo una crudeltà, Edgardo. Ti ho considerato come uno dei miei fratelli più piccoli e per te ho sempre nutrito un affetto sincero. Come puoi dubitarne e accusarmi di pensieri maligni? Per anni mi sono tormentato e ancora oggi mi maledico per ciò che ti feci allora. »

« Di cosa parli? Di cosa mai ti dovresti pentire? » rispose beffardo il novello sacerdote.

« Quando mi ordinarono di portarti al convento avrei dovuto disobbedire e renderti alla tua famiglia che ti aspettava. Sono stato invece tanto sciocco e vile da acconsentire a un comando infame e consegnarti nelle mani del boia. »

Edgardo s'era rizzato in piedi e tremava furente. Mulinando le braccia, illividito in volto, prese a urlare: « Disgraziato che non sei altro! Non sai quel che dici. Vattene, incosciente. Sparisci, demonio ».

Dopo l'ammirato esordio di Poitiers, don Pio Edgardo decise di dedicarsi all'educazione dei giovani e trovò posto in un collegio religioso nella regione della Lorena. Gli inizi furono pacifici e l'accoglienza dei superiori e confratelli benevola e perfino affettuosa. Il vento degli umori era però destinato a mutare rotta. L'esplosione avvenne inattesa, e ancor più spaventosa, nel mezzo di una lezione di storia a una classe di adolescenti. Gli era bastato intercettare il soffocato singhiozzo di una risatina. Non era la prima volta che fiutava i segni di una confidenza che trovava inaccettabile. Non capiva cosa legasse i due alunni, ma qualsiasi cosa fosse, doveva essere fermata. I dodici anni di Luc Arpière e Philippe Dumonier scintillavano della potente inquietudine dell'adolescenza. Pur con caratteri opposti, Luc saettante e Philippe più mite, uno irrequieto e l'altro sereno, tra loro s'era creato un legame impareggiabile.

Edgardo interruppe il racconto delle vicende di Carlo Magno e con un'occhiata fulminò entrambi e rifletté veloce: se avesse punito Luc, non avrebbe ottenuto molto. Più efficace sarebbe stato colpire l'altro.

Ordinò quindi a Philippe di uscire dal banco e avanzare verso la cattedra. Quello obbedì vacillando, mentre Luc assisteva, inferocito. Appena il più mite finì di percorrere il corridoio che separava le file di banchi, fu investito da una sequela di rimproveri umilianti, tanto che il poveretto proruppe in un pianto affranto. Nessuno osava fiatare, tutti paralizzati dalla spietatezza di quell'insegnante. Solo Luc ebbe l'ardire di alzarsi e dichiararsi colpevole.

Fu allora che Edgardo perse il senno e si mise a strillare tanto forte da far rimbombare la voce fin fuori dall'aula. Un custode si affacciò alla porta, sgomento, subito investito da altri improperi: « Chi vi autorizza a interrompere la lezione? Fuori dai piedi, specie di cretino! »

Il giorno dopo il comitato scolastico decise che avrebbero dovuto liberarsi di don Pio Edgardo.

« Questi ragazzi hanno preso un andazzo che non è tollerabile. Sono spudorati, non hanno regole, disobbediscono impunemente e non mostrano rispetto. È necessario ristabilire l'ordine a qualsiasi costo », protestò don Edgardo, convocato da padre Marvin.

Del resto fin dai primi giorni l'italiano non aveva perso occasione per polemizzare con i metodi della scuola che giudicava fiacchi, permissivi e dannosi. Gli alunni dotati, diceva, venivano penalizzati e agli altri perdonata ogni indolenza.

Ciò che non avrebbe mai ammesso era che quell'età di confusione gioiosa, curiosa, fatta di impulsività ed entusiasmi, di avventura e appetiti, gli era estranea. O, peggio, nemica.

Padre Marvin aveva una lunga e consolidata esperienza nell'insegnamento. Le regole a cui si ispirava erano benevole ma non lasse, persuaso che l'errore andasse corretto senza avvilire e che istruire richiedesse pazienza, ma ancor più una smisurata e sincera voglia di arrivare al cuore prima ancora che alla mente dei discepoli. I ragazzi, aveva avuto modo di constatare, obbedivano a una guida forte e serena ma reagivano male se minacciati e peggio ancora se offesi.

« La vostra tolleranza fa sì che l'indisciplina abbia il sopravvento », lo rimproverò don Edgardo. « Non ascoltano, sghignazzano e non rispettano alcuna autorità. Siete concilianti con i viziosi, accondiscendenti con i deboli e i capricciosi. Tutto questo ne farà solo dei grandi peccatori. »

« Forse non vi date conto di quanto parliate a sproposito nel riferirvi a questa meravigliosa gioventù che ci è stata affidata e che abbiamo il dovere di crescere con amore, e non con un rigore pieno di invidia e rancore », replicò padre Marvin.

« Io, invidioso e rancoroso? Invidioso di che? E perché dovrei portare rancore? Sapete la mia storia e francamente non credo di dover invidiare nessuno, semmai il contrario: sono gli altri che possono provare gelosia per il mio stato. Insomma, risparmiatemi considerazioni sulla mia persona che per altro non ho chiesto e che non sono in causa. Io constato ciò che vedo. Sono mesi che tento di imporre la disciplina... »

« È questo il problema », lo interruppe il superiore. « Imporre è un verbo che va usato con cautela, mentre voi lo brandite come una spada. Li spaventate, li scoraggiate e rischiate di allontanarli dalla conoscenza. »

« State dicendo che sono poco adatto al compito di precettore? Avanti, ammettete una buona volta ciò che voi tutti covate! Anche io sono stato bambino e ragazzo e ho dovuto adattarmi e obbedire a regole che mi hanno salvato. »

« Continuate ad attribuirmi pensieri e giudizi che nemmeno sogno di avere. Siate o meno d'accordo, ribadisco un principio che è necessario condividere per gli educatori di questo istituto. Quel che constato è che la vostra durezza produce solo scontento e riottosità. Immagino quanto sia difficile modellare il carattere soprattutto quando si è persuasi, come lo siete voi, di essere nel giusto e dunque non posso far altro che arrendermi e ammettere che questo non è il posto per voi. »

Da dietro la porta si udiva un fracasso di vetri rotti, colpi ai muri, singhiozzi, bestemmie. Una voce alta recitava una litania sconcia: « Merda infame pontefice sozzo e dannato schiavo di Satana canaglia farabutto rendimi ciò che hai tolto e rendimi la madre mia e rendimi la mia strada i fratelli e il mio povero padre e ridammi la fede nel Nome che non oso più chiamare e ridammi il fiato e la speranza e la voce e la testa e il sangue infame pontefice massimo di merda e di infamia distruttore dei miei giorni belva insaziabile ridammi quello che è mio e che non so più dove sia ».

Fu chiamato un medico di Metz. Appena riuscì a varcare la porta della stanza, il dottor Paul Thomas non poté far altro che constatarne il disastro. Il pavimento coperto di cocci, libri fatti a pezzi, indumenti stracciati, le lenzuola ammassate sul letto, il materasso rovesciato. Edgardo regnava sul caos che aveva prodotto con un'espressione soddisfatta.

All'inizio della carriera sacerdotale la debolezza si trasformò in una paralisi che nessuno sapeva come scuotere. Avvolto in una tristezza meditata riprese a digiunare, rinsecchirsi, ingiallire. All'inizio del mese di febbraio del 1878, al culmine dei patimenti, quando gli fu annunciata la notizia della morte del papa, Edgardo sembrò non capire e anzi assunse un'espressione di beatitudine che nel giro di pochi minuti si trasformò in un cordoglio delirante.

Pianse per giorni senza che nulla riuscisse a consolarlo. Poi di colpo si riebbe. Succedeva quasi sempre così agli accessi di angoscia, cancellati da una spugna che non lasciava tracce del disastro. A guardar bene, il tormento non era scomparso ma aveva preso solo altre strade. Don Pio ora si lamentava delle congiure che lo assediavano, della malevolenza dei confratelli, della certezza di essere esposto al pericolo perché ora non c'era più chi lo proteggeva. Partecipava macchinalmente alle funzioni, officiava messe, lunghe novene, interminabili rosari. Si sgretolava senza arrendersi, bruciava senza incenerire. Arrivò una breve lettera di Marianna che prometteva di venirlo a trovare in compagnia di Riccardo. Non li vedeva da anni ormai e si preoccupò delle condizioni in cui lo avrebbero trovato, tanto da costringersi a tornare in una forma almeno decente. Riprese così a nutrirsi e a percorrere con passo meditato i lunghi viali del parco collegiale. Temendo che il rettore potesse far parola con sua madre e suo fratello della crisi recente, si preoccupò di scusarsi con lui articolando il pentimento con frasi studiate e convincenti. Annunciò anche, con grande sollievo di quello, di voler rinunciare all'insegnamento, ormai certo che non fosse quella la sua strada.

Marianna Mortara trascinava i suoi sessantasei anni senza farsene piegare. Nel suo star dritta non era difficile distinguere una linea di malinconia acuta, che s'ammorbidiva appena le pupille tornavano a brillare scure e calme. Fu così che la vide Edgardo e così la riconobbe. Come subito ritrovò l'incandescenza del fratello. Riccardo aveva infatti mantenuto l'aria marziale e crucciata che ora gli apparteneva come una seconda pelle.

Appena i due giunsero al convento, don Jean si sentì comunque in dovere di metterli al corrente delle condizioni precarie in cui si trovava Edgardo. Il giovane, disse l'abate, soffriva di irrequietezze e malinconie inguaribili. Rifiutava la comodità delle consolazioni, lamentava torti immaginari, sospettava insidie planetarie, temeva baratri pronti a inghiottirlo. Il quadro non era consolante, ma ciò che trovarono fu ben più grave.

Edgardo si incamminò verso la madre frenando lo slancio. Non voleva dar segno di agitazione e turbamento e solo quando fu tra quelle braccia tirò un respiro profondo, cercando la fragranza e l'eternità dell'amore.

Marianna si discostò per osservare la creatura che aveva generato. Rivolgendosi a Riccardo mentì: « Lo vedi anche tu, no? Il nostro Edgardo è sempre uguale », e prese a dargli carezze lente sulle gote e sui capelli.

Le avevano detto che era stato male, eppure sembrava risanato, commentò soddisfatta. Ma cosa aveva avuto? Cosa era successo? E come lo curavano? Edgardo parlò di inezie, fenomeni transitori di poca importanza, provocati da nervi cedevoli per le incombenze e le crudeltà. La madre annuì finché Edgardo disse qualcosa che non riuscì a capire. « Ripeti, ti prego... Con la vecchiaia si diventa sordi, sai? »

« Non siete voi a diventare sorda, ma io non più abituato a parlare. » Allora Edgardo schiarì la gola e si fece coraggio: « Sento un peso che mi opprime tanto da temere di rimanerne schiacciato ».

« Di quale peso parli? »

« Non sono mai stato capace di dare a voi tutti l'amore che meritavate, e questa ingratitudine mi corrode. » Non osava guardarla.

« Non è dovere dei figli amare i genitori, semmai il contrario. Ai figli tocca andare per la propria strada, quale essa sia. Lo facemmo noi con i nostri, lo avete fatto voi con noi. Sappi che, anche nei momenti più bui, non ho mai dubitato del tuo amore. » Ora gli stringeva le gote tra le dita infragilite dalla commozione. « Non ti avvilire, figlio mio. Nelle giornate vuote, che poi sono state tutte le mie giornate, mi arrivavano le tue preghiere. »

Edgardo non voleva scuotersi dall'incanto di quella dolcezza.

« Dicono tu sia malato, e molto », aggiunse preoccupata. Edgardo stava per rassicurarla di nuovo, ma Marianna glielo impedì. « Non ho bisogno che tu menta, perché so leggere in te più di quanto tu possa dire. Ti benedico, figlio mio, e chiedo a Dio di far scendere su di te la sua di benedizione. Sono venuta perché volevo tu sapessi che ciò che sento per te resterà eterno. »

Per Edgardo fu come precipitare di nuovo. « Se vi ho deluso, se non sono tornato quando avrei potuto è perché ero convinto che sarei morto di dolore. »

Tornato solo, a Edgardo sembrò che ogni cosa attorno a lui, il tavolo, i breviari, il ritratto di san Domenico, galleggiasse. Si distese nel suo letto senza spogliarsi e tornò a fissare la calce della parete.

13

Che è quando don Pio Edgardo si mura vivo

« Volete che dica la verità o vi accontentate di una pietosa bugia? »

Il dottor Thomas non amava le mezze misure. Rannicchiato come un feto, Edgardo restava di spalle. Se era nota l'ostinazione del prete, quella del dottore non era da meno. Con un'aria da oste, il medico sapeva che la mente umana aveva bisogno di scienza e pazienza, anche se con la seconda non bisognava esagerare. Ciò che lo aveva sconcertato era la rapidità con la quale Edgardo passava tra la lucidità e l'incoscienza, tra scatti d'ira e mutismi. Il potente predicatore si era rivelato un pusillanime che sembrava prendere gusto a torturare sé stesso e chiunque gli capitasse a tiro. Ora prepotente e violento, diventava di colpo remissivo, umiliandosi e maledicendosi, portando all'esasperazione chi si prendeva cura di lui.

Padre Marvin aveva riferito al medico le stravaganze di quel confratello che aveva messo a dura prova tutto il convento. Gli alunni lo temevano, gli insegnanti lo fuggivano.

Il dottore perse la pazienza. « Adesso basta, don Edgardo! È mai possibile che non abbiate un poco di pudore? »

Edgardo si alzò, pronto a protestare. « Co-c-come vi pe-p-permettete! »

Il dottore non arretrò di un passo. « Volete sapere qual è l'origine di ogni vostro guaio? Siete di indole viziata e bizzosa. Convinto che il mondo intero si occupi di voi e che ognuno vi debba onori e rispetto. Mancate di compassione se non per voi stesso. » Edgardo non riusciva a parlare e il medico approfittò del vantaggio: « Pensate davvero di essere l'unico a soffrire? Siete patetico e indisponente e io non ho tempo da perdere con voi. Preferisco dedicarmi a chi ha davvero bisogno di guarire ».

« Quindi credete che io menta, che stia recitando una commedia, che mi stia prendendo gioco di voi e degli altri? »

« Tutt'altro! È fuori di dubbio che i vostri nervi siano malconci, ma si direbbe che ci prendiate gusto a logorarli ancora di più. »

Nessuno aveva mai osato dirgli tanto. Se solo Edgardo ne avesse avuto la forza, lo avrebbe preso a pugni.

« Per i vostri disturbi, né i calmanti né le scosse elettriche né la mesmerizzazione oggi tanto di moda serviranno a granché. Non mi aspetto che mi diate ragione, ma almeno ascoltatemi, una buona volta. »

Edgardo pregò che un fulmine lo riducesse in cenere. Attese invano. Il cielo era terso. Si rassegnò a guardare il dottore con risentimento.

« Concordo con i vostri superiori che l'insegnamento non faccia per voi, anzi si direbbe il contrario, visto che star vicino ai ragazzi vi rende ancora più spietato. »

Il canonico grondava sudore, le mani tormentavano l'abito talare. Fu per dire qualcosa di crudele ma preferì essere sincero: « È che mi sento un dromedario ».

Un dromedario? Che voleva dire?

« Un dromedario che viaggia nel deserto. » Si addolcì e ammise: « So che avete ragione. Maltratto chi mi è stato affidato, allontano chi mostra affetto e non c'è alcuno di cui riesca a fidarmi nel mondo. Pecco due volte, di sicumera e d'angoscia ».

« Da quando in qua l'angoscia è un peccato? »

« Oh, sì, ed è gravissimo perché è segno di sfiducia nella bontà divina e nel disegno per cui fummo creati. Presto o tardi mi toccherà rendere conto e pagare amaramente ogni mio debito.»

«Non sono qui per discutere di teologia», s'affrettò a dire il dottore, «ma del vostro stato nervoso.»

«Non lo dico per elemosinare pietà o giustificarmi. È che sono davvero inadatto, e non solo a insegnare. I novizi mi irritano e vederli al colmo delle energie, vederli crescere e gioire mi è intollerabile.» Era smarrito. «Ditemi cosa debbo fare.»

Il dottore pensò che forse quella era una rara occasione per farlo uscire dal marcio in cui sguazzava. Non si era aspettato una capitolazione così repentina, tanto che sulle prime sospettò una trappola: fingere arrendevolezza per liberarsi dalla presa per poi tornare a tiranneggiare. «Se davvero credete a quel che state dicendo, lasciate il convento, ma non andate a chiudervi in un altro. Se vi sentite un dromedario, seguite la vostra natura e uscite nel mondo.»

Dopo aver celebrato messa alla Madonna delle Nevi, chiesetta ai bordi del Lago Nero, Edgardo aveva deciso di tornare a Zermatt per concedersi un bagno caldo. Sul taccuino teneva conto di ogni centesimo, franco, sterlina e scudo spesi nelle missioni il cui scopo era di risvegliare la generosità dei fedeli e la pace in sé stesso. Di rado trovava l'una o l'altra. Dopo mesi di pellegrinaggi, cerimonie, petizioni e sermoni, la tensione aveva ripreso a fare bianche le notti e nere le giornate.

Lungo il sentiero che lo riportava all'alloggio riprese fiato su uno sperone di roccia da cui si aveva l'impressione di poter toccare con le dita la punta del Cervino. La Gasthaus Ruther era vicina e la prospettiva della tinozza d'acqua bollente lo invogliò a rimettersi in cammino e accelerare il passo.

Giunto alla curva spuntò la costruzione di legno e vide subito la padrona corrergli incontro con in mano una lettera su cui riconobbe la grafia di Ercole: *Mi duole comunicarti che la situazione s'aggrava e alla mamma resta ormai poco da vivere. Appena possibile è bene che tu ci raggiunga.*

Firenze, settembre 1895

Quando si aprì la porta, apparve un volto sconosciuto.

« Sono Imelde », sussurrò la ragazza, sottraendosi

garbatamente all'abbraccio. Dal resto della casa arrivavano voci, rumori di passi. Edgardo fece il suo ingresso nella sala dove stava radunata la famiglia, ma l'unico che riconobbe fu Riccardo.

Non aveva mai dovuto combattere con l'incertezza o sfidare il dubbio come succede a molti e sinceri uomini di fede. Mai aveva faticato a credere nell'esistenza di un ente superiore originario. La sua fiducia in Dio era costituita da una spontaneità che aveva sorpreso e persino insospettito i membri del clero che lo avevano a lungo tenuto sotto osservazione. Tanto che vi era chi glielo aveva persino rimproverato: senza la prova del dubbio, sosteneva, era pressoché impossibile avere la certezza del proprio credo. A quell'obiezione Edgardo ogni volta rispondeva che non poteva obbligarsi a un tormento a lui estraneo, impegnato com'era a combatterne ben altri, più cocciuti e familiari. Solo quando morì sua madre, Dio scomparve. I fratelli, le sorelle, le mogli e i mariti e i figli stavano schierati come una falange, ma lui non trovava dove stare e per la prima volta si chiese se tutto quell'affannarsi per il mondo lo avrebbe mai portato a trovare un posto sotto questo cielo. Sempre che quel posto esistesse davvero da qualche parte e fosse raggiungibile.

Appena Edgardo fece per sollevare l'indice e il medio in segno di benedizione Riccardo balzò in piedi: « Non ti azzardare a fare uno dei tuoi riti. Se vuoi recitare le litanie, vai in chiesa, qui a Firenze ne trovi a ogni angolo ».

Ercole trascinò Edgardo fuori dalla stanza e in fondo al corridoio varcarono la porta di una camera buia dove la luce discreta di una candela in cima al letto lasciava intravvedere il volto immobile di Marianna, i capelli bianchi, le braccia arrese lungo il corpo. Edgardo recitò un silenzioso requiem. Ercole aprì una madia e dispiegò un lenzuolo con cui coprì la donna. Da una tasca estrasse un libro di preghiere e lesse sottovoce il kaddish: « *Yehei shmeh rabba mevarakh lealamul al meyalmaya* », Sia il Suo Grande Nome benedetto per tutta l'eternità.

Edgardo fu solo capace di aggiungere: « Offro a te, mio Dio e bene infinito, lo strazio del mio cuore ».

Senza congedarsi abbandonò l'appartamento di via Pinci e si ritrovò sotto la luce tenue che anticipava l'autunno. La strada era affollata e chiassosa. Dopo qualche passo si accorse che Ercole gli era andato dietro di poco ed era sul punto di raggiungerlo. Il fratello chiese dove fosse diretto e lui parlò di un convento di Fiesole. Ercole fermò una carrozza e nonostante le proteste lo fece salire e lo seguì nell'abitacolo.

« Non è necessario che m'accompagni. »

« Certo che lo è, ora più che mai. »

Giunti a destinazione Ercole gli diede appuntamento per la mattina seguente al cimitero perché, gli spiegò, il rito ebraico esige un seppellimento rapido. Il giorno dopo e prima di chiunque altro, Edgardo si piantò all'ingresso della sezione israelitica del camposanto. Alla comparsa della breve colonna che seguiva il carro funebre, si allontanò e riconobbe un rabbino, i fratelli, le sorelle e molte persone sconosciute. Terminata la cerimonia non osò avvicinarsi e anzi scomparve.

Tornato a Roma, Edgardo chiese che gli venisse assegnata una destinazione.

« Ho saputo della perdita che vi ha colpito », disse nell'accoglierlo don Martino Barbello, accompagnandosi con la breve preghiera dei morti: « *Requiem aeternam dona eis Domine et lux perpetua luceat eis, requiescant in pace* ».

Don Edgardo non diede segno di gratitudine ma solo di impazienza.

« Immagino abbiate necessità di riposarvi e sapete bene che potete restare presso di noi tutto il tempo che... »

« Non ho bisogno di riposare e ho anzi intenzione di partire al più presto », rispose Edgardo. Sapendo che c'era un gran bisogno di finanziare le abbazie il dromedario riprese il cammino.

La prima tappa fu Vienna, seguita da Budapest, Madrid e infine Napoli. Con i sermoni riusciva a scuotere gli animi, meno la munificenza.

A Napoli entrò in urto con un vescovo il quale temeva potesse rappresentare un pericolo per il piccolo ma consolidato potere che vantava su quel territorio. Sua eminenza Massimo Murano non lo voleva tra i piedi: « Qui già fatichiamo a raccogliere fondi per le nostre di opere, ci mancate solo voi a portarci via quel poco e per di più per progetti lontani ».

Ancora una volta era un ingombro. Con soddisfazione della curia, annunciò la sua partenza.

« Non vi piace la città o siamo noi a esservi indigesti? » lo provocò il vescovo prima di congedarlo.

« Napoli è una città magnifica », rispose algido

Edgardo, « che però non sa rinunciare al sudiciume, tanto da rendere difficile distinguere bellezza e sporcizia. Non vi invidio certo e lascio a voi questo popolo basso, rozzo, falso e imbroglione. »

Dal parapetto dell'*Alsatia*, Edgardo vedeva il porto di Glasgow rimpicciolirsi fino a dissolversi. Le autorità ecclesiastiche gli avevano fissato una cabina di seconda classe, al riparo dall'effervescenza della vita sociale che aveva preso a vibrare subito dopo la partenza del piroscafo. L'eccitazione, lo scambio di cortesie e il tintinnio dei complimenti gli erano estranei, e anzi molesti. In mente aveva solo la missione che gli era stata affidata e la speranza che quella santa gara gli portasse nuovo vigore. Era consapevole di quanto fosse difficile muoversi su un territorio tanto ostile al clero cattolico. Negli Stati Uniti, gli avevano raccontato, a prevalere erano le cospicue comunità protestanti, prosperava la massoneria e i seguaci del papa di Roma costituivano una minoranza malvista.

« Siete un sacerdote, vero? » La domanda della signora era un chiaro pretesto, visto che la tonaca non lasciava dubbi.

Poco abituato alla mondanità, Edgardo attese prima di rispondere. « Appartengo all'ordine dei Canonici Regolari Lateranensi di Santa Romana Chiesa. »

« Non conosco... » esitò la donna in un italiano appena viziato da un accento anglosassone. « Spero di non essere stata inopportuna. »

La notte annegava nelle acque agitate e sul ponte non c'era più nessuno.

« Certo che no, signora...? »

Disse di chiamarsi Amelia Mattei Wright ed Edgardo si presentò a sua volta, immaginando per un attimo che riconoscesse il suo nome. Non successe, ma non diede a vedere la delusione.

« È il vostro primo viaggio negli Stati Uniti, don Mortara? » chiese la donna. Edgardo annuì. « Posso chiedervi cosa vi porta tanto lontano? »

« La predicazione. La predicazione e la questua. » La donna sembrò non afferrare e don Edgardo spiegò meglio: « Predico la parola di Dio e sollecito la generosità dei fedeli per la costruzione di nuovi templi dell'ordine a cui appartengo ». La guardò incuriosito: « E voi, siete in viaggio di piacere? »

Con una mano a difendere il cappello dal vento, la donna raccontò che aveva appena concluso un soggiorno nella sua terra d'origine. Nata in Italia ma ormai cittadina americana, era rimasta vedova ed era madre di due figli che l'avevano accompagnata a conoscere parenti lontani.

La conversazione fu interrotta da uno scampanio leggero che annunciava l'ora della cena. La donna si diresse verso il salone del ristorante ed Edgardo nella sua cabina. Sfinito prese a recitare le orazioni della sera.

Fu la luce dell'oblò a svegliarlo. Con l'aprire gli occhi avvertì una nausea potente e la testa dolere. Si obbligò ad alzarsi, lavarsi, vestirsi e fare colazione. Al tavolo del ristorante riconobbe la donna che aveva incontrato la sera prima e che ora stava conversando con due giovani, verosimilmente i suoi figli.

Appena lo vide, Amelia Mattei Wright allargò un sorriso e con un gesto della mano lo invitò a unirsi a loro. Appena seduto la donna gli presentò Thomas e Harry che rispettosamente si alzarono. Edgardo chiese dettagli del viaggio che avevano appena compiuto e fu una cascata di commenti eccitati.

« Ho dei figli meravigliosi », affermò la donna raggiante. « In occasione dei miei sessant'anni hanno voluto accompagnarmi rendendomi così la donna più felice della Terra. »

Edgardo si rabbuiò in volto e si ammutolì per tutto il resto della colazione. Finito il caffellatte e senza toccare il pane tostato, prese congedo. Lungo tutte le due settimane e mezzo di viaggio evitò ogni contatto con gli altri passeggeri e consumò i pasti in cabina. Solo nel cuore della notte, quando era certo che tutti dormissero, si concedeva una passeggiata sul ponte.

All'attracco nel porto di New York la donna lo scovò e gli andò vicino: « Sono venuta a salutarvi, don Edgardo ». Quindi si ricordava il suo nome. « E volevo anche chiedervi scusa. »

« Scusa? E di cosa? » reagì sorpreso Edgardo.

« Quella mattina a colazione devo aver detto qualcosa di sbagliato. »

Non valeva la pena di negare: « È che parlaste della gratitudine che nutrivate nei confronti dei vostri figli. La mia, di madre, non avrebbe potuto dire altrettanto di me. L'ho fatta soffrire e quel rimorso mi divora ».

« Non so nulla di voi, ma credo che facciate male a conservare un ricordo così aspro perché sono certa che vostra madre non ha mai smesso di amarvi. »

La predicazione in America fu un'esperienza che non immaginava così estenuante. Le strade gli parvero troppo larghe, i palazzi troppo alti, i treni troppo veloci. In più d'una occasione – dai pulpiti di Milwaukee, di Boston e nella stessa New York – Edgardo narrò la sua vicenda suscitando curiosità e stupore e persino ammirazione, tanto da riuscire a raccogliere somme consistenti. Fu sempre ben accolto, ma di nuovo l'affanno prese il sopravvento tanto da rendere necessario un nuovo ricovero. E ancora rifiutò il cibo e di alzarsi dal letto dove ormai passava la gran parte delle giornate. I medici tentarono diverse terapie – salassi, erbe officinali, ginnastiche, persino alcune sedute di ipnosi – ma nulla si mostrò efficace. Monsignor Arthur J. O'Brian lo convocò e volle sapere che intenzioni avesse. Quante volte ormai si era trovato in quella identica situazione? Quante volte gli avevano chiesto del suo futuro e a lui non era rimasto che scrollare il capo, con l'espressione afflitta e arresa, senza idee, senza scuse. Venne allora deciso di rimpatriarlo, e approfittando di un confratello diretto per una missione nei territori dell'impero russo Edgardo si imbarcò. Martedì 13 novembre 1906 scese a Le Havre dove trovò ad accoglierlo padre Jozef Maes che lo condusse a Bouhay, dove passò l'inverno assopito in un letargo dal quale non fece più ritorno.

Per trentaquattro anni Edgardo Mortara si inabissò tra le mura dell'abbazia belga in attesa che la morte lo liberasse dalla vita e dalla sua triste leggenda.

14

Che è quando si spengono le luci

Abbazia di Bouhay, febbraio 1940

Non era la prima volta che padre Maes accompagnava un agonizzante; eppure, non ricordava di avere mai provato un turbamento tale da sconfinare nell'esasperazione, una forma di collera generata, più che dall'angoscia per la fine imminente, dall'esasperante lentezza della battaglia tra un corpo recalcitrante e un'anima risoluta.

Abbandonato l'orgoglio insolente che lo distingueva, Edgardo Mortara si era ridotto a emettere gemiti, qualche sbuffo, borborigmi e lievi rutti, lasciando che minuscole bolle di saliva biancastra fiorissero ai lati delle labbra fino a disseccarsi. La sottile corteccia della pelle era percorsa da vene rigonfie e la chiazza rugosa che ne decorava una tempia aveva assunto le forme di una moneta ossidata.

Il lezzo degli umori, un acidume corrotto da vapori dolciastri, aveva avuto la meglio sull'igiene casta e pignola di un tempo, allorquando Edgardo si preoccupava di bonificare ogni traccia di polvere e di grasso prodotti dal corpo, detergendo con minuzia i sudori, soffiando colpi secchi per liberarsi del muco, spazzolando ogni indizio di forfora, spazzando via germi, squame, crosticine, secchezze o pigmenti che potessero far temere una degenerazione. Erano note e arcinote le fissazioni che aveva per l'incorrotto, eppure nessuno osava esortarlo e men che mai consigliarlo sapendo quanto Edgardo considerasse ogni incoraggiamento o inefficace o molesto, insofferente com'era ai saperi altrui più che ai propri malanni.

Fin da giovane aveva sofferto – o lamentato di soffrire, che poi è la medesima cosa, se non peggio – di emicranie e insonnie, di ulcere e di costanti incubi e nausee, infiammazioni e rigurgiti e stipsi, per non dire della cronica fiacchezza che lo inchiodava a immobilità prolungate, da cui traeva vantaggio nelle liti e giustificazione delle proprie pedanterie. Ora che la materia si prendeva la rivincita, non pareva preoccupato. Stanco, magari, ma non intimorito. Che le fibre, i muscoli, gli organi, i nervi e gli umori facessero pure quel che volevano.

Anche la dentatura esatta che un tempo esibiva come una tenaglia si era ridotta a una tastiera guasta, segno di quanto la vecchiaia avesse sgominato la sostanza che in lui generava timore, pretendeva ossequio e provocava fastidio in chiunque lo incrociasse. Da qualche ora aveva poi rinunciato a pregare; al contrario di quanti che nell'ultima porzione di vita ricordano un dio fino ad allora trascurato, il vecchio prete ebreo si era invece consegnato a una mite indifferenza, sicuro che non fosse necessario un atto di fede, ma solo pazienza.

Dalla fessura delle palpebre don Pio Edgardo vedeva scorrere la processione dei confratelli che rimanevano a rispettosa distanza, corrugando la fronte compunti, intrecciando le dita e scrollando il capo in segno di disapprovazione. Ma per quanto mimassero compassione, gravi e compresi nelle litanie funebri, a lui apparivano per quel che erano, ridicoli e molesti, e quei bisbigli e commenti serafici non facevano altro che distrarlo dalla concentrazione che invece ora gli era più che mai necessaria. Incurante della paura, era curioso di sapere come avrebbero suonato gli strumenti dell'ultimo concerto. Padre e madre avevano preso posto agli archi e tra mille discordanze provavano a guidare il resto dell'orchestra, dove stavano piazzati fratelli e sorelle con tanto di viole e violoncelli; alle loro spalle, impettito, il papa accarezzava un ottavino di ebano nero. Di tanto in tanto volavano le note fuori registro dei clarinetti e dei corni soffiati dalla pattuglia di scolari che non era mai riuscito né ad amare né a domare, e insieme il martellare della grancassa e i suoni aguzzi del timpano di Francesco Ottorini, quel tutore a cui era stato affidato e che aveva finito col perdere fiducia in Dio e negli uomini. Ogni tanto taceva uno strumento, lasciando un vuoto tra i fraseggi e le armonie.

Al suono di quella musica sgangherata, danzavano i torti e gli errori e gli abbagli di tutta una vita. La furba tradizione degli esseri umani avrebbe consigliato che giunto a quel punto recitasse una completa contrizione ma non sapeva a chi rivolgersi. Alla famiglia dissanguata? Al pontefice che aveva vinto una battaglia e perduto la guerra? A un dio che si era confinato in un silenzio insolente? Non c'era tempo né per i rimorsi né per i rimpianti, e dunque non restava altro che rendere il corpo, sempre ammesso che ci fosse qualcuno pronto a riceverlo.

Consumata l'ennesima raffica di tosse depositò un grumo scuro nel fazzoletto, senza darsi la pena di cancellare i residui sparsi sul mento e sulla mostrina del lenzuolo. Si concesse invece un ennesimo sospiro per esprimere insofferenza nei confronti di quella congrega che sembrava non volersi togliere di torno.

Seduto in punta di uno sgabello, padre Maes spolpava i grani del rosario e non capiva perché la vita fosse stata tanto inclemente con don Pio, o don Pie come tutti lo chiamavano per dimenticare quell'Edgardo evocatore di tempeste.

La fama del fanciullo giudeo salvato dal papa lo aveva preceduto a Bouhay, anche se nessuno ne faceva cenno per l'imbarazzo che suscitava il venerabile pazzo. Capitava semmai che nel corso delle solennità, di fronte alle assemblee dei fedeli, fosse lo stesso Edgardo a evocare il redentore dei refrattari e a glorificare il santo pontefice, fatto segno di minacce, bersaglio di insolenze e spogliato delle terre in cui aveva a lungo dominato. Orgoglioso di incarnare un segno divino, il canonico si sentiva autorizzato ad abbandonarsi a capricci e per un nonnulla esplodeva in proteste a causa del cibo sciapo o dell'incarico modesto, e allora era un continuo litigare, recriminare e sfidare le autorità e i pari, i civili e gli scolari, le donne caritatevoli e le monache, chiunque insomma stimolasse la sua ira perpetua.

Padre Maes immaginò che quel lento distacco fosse necessario a don Pie per diventare finalmente padrone della vita proprio quando si era usurata. Appena poteva si impossessava delle mani del confratello, che si ostinavano a dirigere l'orchestra morente. Fluttuando in un'agonia intorpidita Edgardo intuì che il sangue aveva trasformato la fedeltà in schiavitù. Nulla era riuscito a spezzare ciò che lo aveva legato al padre, alla madre, ai fratelli. Negli anni nessuno gli aveva imposto abiure ma semmai di mantenere le distanze, mentre la sofferenza della sua famiglia aveva a volte preso le forme della disapprovazione e del biasimo. Protesta e indulgenza si erano dunque alternate e combattute senza che nessuna prevalesse. Si era così ritrovato soggiogato dall'asprezza di Riccardo, dall'ansia di Momolo e dallo sbigottimento di Marianna. Il languore per Ernesta ed Erminia, le gemelle che ricordava ancora bambine senza averne mai conosciuto il profumo della crescita, era guastato dal risentimento, ma a bruciare ancora di più era la benevolenza di Augusto che non nascondeva la riprovazione se non addirittura il disprezzo. Solo per l'Imelde, la più piccola e più sconosciuta, provava una tenerezza intatta che si oscurò solo quando, nell'ultimo degli incontri, si avvicinò e, dopo avergli spolverato la pettorina della tonaca con un tocco leggero delle dita, indietreggiò, lo fissò a lungo e alla fine gli annunciò che non avrebbe voluto più vederlo. Il solo pensiero che tutto ciò arrivasse a conclusione gli pareva una promessa allettante. Insomma, che la si facesse finita.

Li aveva amati e detestati tutti come aveva potuto e di sicuro più di quanto aveva voluto.

Una mosca gli planò sulla fronte stropicciando le zampette e provocando un blando prurito. Anche se avesse voluto, non avrebbe potuto cacciarla, perché ogni muscolo era già inerte prima che morisse il resto. L'insetto sostò sul mento, si inoltrò tra i peli radi della barba, e fu allora che per un attimo a Edgardo parve che la mappa della propria vita avesse avuto un senso.

La sua bocca assunse una strana espressione e cominciò a biascicare una nenia: « Santo padre padre mio oh padre padre padre santo ».

I confratelli pensarono che le giaculatorie fossero indirizzate al pontefice salvatore. Padre Jozef Maes non ne era però affatto sicuro.

Alle quattro del mattino del primo marzo 1940, a don Pio Edgardo Mortara venne amministrato il sacramento dell'eucarestia. Deposta l'ostia sulla lingua, fu unto con l'olio sacro. A lui non rimase che deporre la bacchetta sul leggio e compiere un piccolo salto.

15

Che è quando cercavano di arrestare un morto

Liegi, 1º giugno 1940

«Siamo venuti a conoscenza di un ebreo italiano che vive non lontano da qui.» Due notti di insonnia hanno sfibrato la vista del colonnello Emmanuel Winkler Hass. I contorni delle cose tendono a sbiadire fino a scomparire nella nebbia. Obbligandosi a un ennesimo sforzo, Winkler Hass manda giù saliva nella gola inacidita e il capitano Hugo Rintz lo fissa perplesso senza ancora capire cosa si vuole che faccia. Riconquistato un po' di fiato il colonnello dice che in un convento alla periferia di Liegi vive un vecchio sacerdote cattolico di razza ebraica di nome Mortara.

Non solo gli uomini ma anche la luce e gli oggetti hanno dichiarato resa incondizionata. Tutt'attorno c'è un agitarsi umiliato di ira soffocata e impotenza. Le sale del Michiels, hotel d'antico sfarzo nel giro di poche ore convertito in quartier generale delle Schutz-Staffeln, sono affollate di militari che sciamano tra poltrone Luigi Filippo, schedari in equilibrio precario, paralumi dai fili attorcigliati, tappeti arrotolati e come pronti per un trasloco imminente. Il picchiettio ossessivo delle macchine da scrivere e dei telegrafi si mescola al brusio eccitato e inquieto degli uomini e al gracchiare del Volksempfänger, l'apparecchio radio voluto da Joseph Goebbels perché tutto il popolo avverta l'alito permanente dei vincitori.

Incorniciate dal damasco impolverato delle tende spuntano le fronde dei tigli prossimi a una inutile fioritura. Fino a qualche ora prima, l'effige di una dama del Settecento ha vigilato sull'impeccabile servizio ai tavoli, assecondato i convenevoli, protetto le conversazioni, ammorbidito le contrattazioni, incoraggiato l'insolenza dei maschi e la ritrosia delle femmine. Al suo posto ora si lascia ammirare il ritratto aguzzo di chi vuole la fine del mondo.

« Posso chiedere il perché di tanta urgenza? » arrischia Rintz abbassando la voce per sfumare l'impertinenza. Il superiore annuisce con un battito di ciglia. Ne avesse ancora la forza si abbandonerebbe a un sorriso indulgente ma, lasciata da tre giorni la caserma di Greifswald in quella Pomerania ormai lontana quattrocento chilometri di ira, incendi e nubifragi, forza non ne ha più. Tuttavia, piuttosto che liquidare il capitano con uno sbrigativo: Esegua gli ordini, il colonnello Winkler Hass si impone di rispondere alla domanda che lui stesso s'è posto appena ricevuto il messaggio da Berlino: per quale ragione l'alto comando delle SS si occupa di un singolo ebreo che per di più fa parte del clero romano? Non sarebbe più opportuno avviare una ricerca meticolosa e stanare – strada per strada porta per porta solaio per solaio cantina per cantina fogna per fogna – i circa tremila membri della comunità giudaica di città e dintorni? Hass si fa coraggio contemplando la trionfante mappa militare sulla quale – grazie a regoli, bussole e compassi – sono tratteggiate frecce e linee che ritraggono l'imprevedibile geografia che in scala 1:500 ratifica come in diciotto giorni i soldati della Germania nazionalsocialista abbiano sbaragliato Belgio e Paesi Bassi, rigettato in mare l'esercito inglese, respinto quello francese e sconquassato il cuore dell'intera Europa. Con tono sardonico – per altro estraneo all'accurata educazione ricevuta – si sorprende a dire: « La cattura di un ebreo camuffato da prete chiarirà a chi non lo avesse ancora capito che nessuno può sottrarsi alle leggi del Reich ».

Per ore una pioggia incostante si è abbattuta sull'intera regione per poi arrestarsi in una tregua precaria. Frotte di nuvole e lontane colonne di fumo ingombrano il cielo fino sotto l'orizzonte. Lungo le vie d'accesso sfigurate dai cannoneggiamenti, è un continuo farsi e disfarsi di fossi, torrentelli, cigli e pozze. Al passaggio di cingolati e fanteria la terra vibra schizzando melma oleosa, creando crateri e avvallamenti, infrangendo i bordi delle strade e i confini delle proprietà. Oggi, sabato primo giugno 1940, la popolazione di Liegi si astiene da ogni gesto superfluo, memore di quell'altra guerra che saccheggiò il paese vent'anni prima, in tempo per veder nascere una generazione ora destinata di nuovo a scomparire. Le finestre, i portoni, le botteghe sono stati sprangati con l'illusione di lasciar fuori l'odore della sottomissione e l'incertezza del futuro e se qualche bambino sconsiderato scende per strada a giocare viene subito richiamato con rimproveri inaspriti dall'angoscia. Passeranno anni prima che il peggiore dei mondi venga cancellato e ancora molti di più prima che la vita torni luminosa.

Individuati quattro tra i suoi uomini, il capitano marcia verso il monastero di rue Trou Louette, pacchiana parodia di architettura medioevale. Rintz è giovane, di costituzione fragile, macchia che dissimula dietro muscoli compatti e un'obbedienza compunta pur se sorpreso da quel panorama insolito per uno come lui, figlio di calzolaio che finora aveva conosciuto solo le vigorose pianure della Turingia.

Raggiunta la soglia dell'abbazia sale un paio di gradini guardandosi attorno in attesa di un qualche segno che riveli una presenza umana. Vige invece un silenzio vitreo essendo l'unico movimento quello delle ombre generate dalla nuvolaglia che transita nel cielo. Dopo aver esitato qualche istante tira l'asticella di ferro che pende lungo il portale ricavandone un trillo ossidato. Finalmente ode un muoversi di chiavi e da un battente spuntano due occhietti di lontra in cima a una veste talare, una mozzetta e un collarino ingiallito. Battendo i tacchi Rintz si rivolge nella propria lingua madre non dubitando d'essere capito: « Capitano Hugo Rintz del comando di occupazione dell'esercito del Terzo Reich». Dopo una pausa per sottolineare le credenziali aggiunge: «Chiedo di conferire con chi è a capo dell'abbazia». Il portale si spalanca vacillando sui cardini e nei grilletti dei Karabiner 98 le falangi della pattuglia sbiancano di tensione.

A passo misurato, il religioso che si rivela di almeno una testa più alto dell'ufficialetto, lascia transitare gli uomini e li scorta attraverso un cortile e fin dentro una galleria di basalto rossiccio. Abbassa una maniglia, tasta alla cieca il muro, individua l'interruttore di ceramica che governa una luce tanto fioca da essere superflua. Nella sala capitolare si ascolta il fischio disordinato del vento e sulle pareti si scorge una quadreria dove si riconoscono una lacrimante sant'Agata dalle mammelle strappate e un'*Ultima Cena* sulla cui tela le gore di umido hanno graziato appena tre dei dodici apostoli. Di rimpetto sorvegliano i ritratti di quanti si sono succeduti alla guida della confraternita. La percezione di disfacimento intorbida l'animella di Rintz che immaginava di trovare alte vetrate e arredi solenni, crocefissi tutti d'oro e d'argento, reliquie lustre di devozione. Deve invece prendere atto che, se mai c'è stato qualcosa di simile, non n'è rimasta più traccia.

«Portatemi da un vostro superiore.»

« A meno che non vi riferiate al Creatore di noi tutti, lo avete di fronte », risponde l'ecclesiastico con calma irritante. « Sono padre Jozef Maes, priore dell'abbazia. »

Colto alla sprovvista, Rintz tossicchia per l'imbarazzo: « Sappiamo che ospitate un ebreo italiano e siamo venuti a prenderlo in custodia ». L'ingiunzione suona farsesca anche alle sue orecchie, tanto che per correggerne l'effetto aggiunge: « Come sapete, le nostre leggi... »

« Conosciamo le vostre leggi », lo interrompe il priore. « Almeno per quel che è necessario. Capitano...? » Esita. « Temo di non ricordare il vostro nome. »

« Hugo Rintz. Capitano Hugo Rintz. »

« Capitano Rintz, le vostre informazioni, seppur non del tutto infondate, non sono esatte. »

« Come sarebbe a dire? » obietta l'ufficiale sospettando un sotterfugio.

« Immagino alludiate a don Pio Edgardo Mortara. Il quale, tra l'altro, di ebreo non aveva più nulla, essendo stato battezzato e poi cresciuto come eccellente cattolico tanto da avere abbracciato il sacerdozio. »

« Vi ricordo, padre, che la razza non è materia che si diluisca con un poco d'acqua. »

« Non ho intenzione di impegnarvi in una discussione superflua, capitano, non foss'altro perché colui che cercate non è più tra noi. »

« Che volete dire che non è più tra noi? » rintuzza il tedesco. « E dove si troverebbe? »

« Nel regno dei Cieli, capitano Rintz », risponde il priore. « Don Pio Edgardo Mortara, uomo di rara fede e inimmaginabili travagli, si è consegnato al Padre Eterno tre mesi fa. Voi e i vostri uomini potrete constatarne la sepoltura nel recinto del nostro piccolo cimitero. »

Indice

1. Che è quando la serpe si insinua in seno 7
2. Che è quando la serpe morde 24
3. Che è quando le guardie del papa rapiscono un bambino 51
4. Che è quando Edgardo viene chiuso in prigione 64
5. Che è quando i genitori cercano il proprio figlio 78
6. Che è quando un uomo caritatevole le prova tutte inutilmente 90
7. Che è quando il Grande Inquisitore viene processato 111
8. Che è quando Edgardo si prepara a farsi prete 136
9. Che è quando Roma è libera ed Edgardo sempre più schiavo 160

10. Che è quando la sorte e gli uomini si accaniscono su Momolo 182

11. Che è quando Edgardo diventa don Pio 193

12. Che è quando Edgardo inizia a predicare e a morire 211

13. Che è quando don Pio Edgardo si mura vivo 224

14. Che è quando si spengono le luci 238

15. Che è quando cercavano di arrestare un morto 245

Questo libro è stampato col sole

Azienda carbon-free

Fotocomposizione Editype S.r.l.
Agrate Brianza (MB)

Finito di stampare
nel mese di maggio 2023
per conto della Longanesi & C.
da Grafica Veneta S.p.A. di Trebaseleghe (PD)
Printed in Italy